花之圆舞曲

花のワルツ

[日] 川端康成 著

王蕾 方苾 译

北京理工大学出版社

版权专有 侵权必究

图书在版编目（CIP）数据

花之圆舞曲 / (日) 川端康成著；王蕾, 方宓译. -- 北京：北京理工大学出版社，2022.12
（海棠花未眠：川端康成精品集）
ISBN 978-7-5763-1741-1

Ⅰ. ①花⋯ Ⅱ. ①川⋯ ②王⋯ ③方⋯ Ⅲ. ①中篇小说—小说集—日本—现代 Ⅳ. ①I313.45

中国版本图书馆CIP数据核字（2022）第182466号

出版发行 / 北京理工大学出版社有限责任公司
社　　址 / 北京市海淀区中关村南大街5号
邮　　编 / 100081
电　　话 / (010) 68914775（总编室）
　　　　　 (010) 82562903（教材售后服务热线）
　　　　　 (010) 68944723（其他图书服务热线）
网　　址 / http://www.bitpress.com.cn
经　　销 / 全国各地新华书店
印　　刷 / 三河市金元印装有限公司
开　　本 / 880毫米 × 1230毫米　1/32
印　　张 / 6　　　　　　　　　　　　　　　　　责任编辑 / 李慧智
字　　数 / 132千字　　　　　　　　　　　　　　文案编辑 / 李慧智
版　　次 / 2022年12月第1版　2022年12月第1次印刷　责任校对 / 刘亚男
定　　价 / 269.00元（全6册）　　　　　　　　　 责任印制 / 施胜娟

图书出现印装质量问题，请拨打售后服务热线，本社负责调换

目 录
CONTENTS

花之圆舞曲 …………………………………………… 001

湖 …………………………………………………… 076

》花之圆舞曲

一曲《花之圆舞曲》舞毕。

在帷幕缓缓降下却还没有遮住演员们胸口的一刹那，友田星枝的姿势忽然有些走形。

此时，早川铃子正单腿脚尖站立，另一条腿则向上抬高并张开至最大极限，一只手与星枝的手搭在一起，全身的重心都落在那只手上。也就是说，两人的身体正在共同呈现着一个舞蹈动作。铃子的半个身体冷不防失去支撑，突然一个趔趄，拦腰抱住了星枝。

星枝的一条腿也因为受力摇晃了一下，铃子的脸贴着星枝的腹部向下耷拉着。她想摆脱这种滑稽的姿势站起来，于是单手抓住星枝的肩膀，一边骂"蠢货"一边扇了星枝一个耳光。

她也没想到自己会动手打星枝，随即怔怔地盯着星枝的脸说："我这辈子再也不和你一起跳舞了！"说着更加泄气了，不由自主地倒向星枝的肩头。

星枝猛地闪了一下，没有甩开她，也没有因为被打了而愤怒。但失去支撑的铃子双手张开，向前扑倒过去。

星枝似乎并不觉得这是由自己造成的，她茫然呆立着，没有理会铃子。只是斩钉截铁地说："我这辈子也不会再跳舞了！"

此时，落幕完毕。

伴随着幕布边落到舞台地板上的声音，观众们经久不衰的掌声像一阵风似的飘远了，周遭一下子安静下来。

舞台的灯光也稍微调暗了。

当然，这是向喝彩的观众谢幕前的准备，是为了再次拉开序幕时，可以更好地烘托出舞台华丽炫目的气氛。舞蹈演员们也都期待着这一刻，依然保持着跳舞的姿势跑到台上。手捧花束的少女们已经等在舞台的两侧。

掌声再次响彻全场。

"你能不能不要那么任性呀！"

嘴上虽然这么说，但铃子还是用力揽住星枝的肩膀，跟在大伙儿后面走了出来。

星枝像温顺的人偶一样一动不动，任凭她摆布。

"对不起呀，我刚才是打了这里？"铃子笑着轻触了一下星枝的脸颊。而星枝却转过脸去，喃喃自语道："我这辈子再也不跳舞了。"

"你知道刚才如果被观众看到了会怎样吗？会被笑话，被登上报纸，今晚的成功也会成为泡影！观众们应该没看见，多亏了有大幕遮挡，大概只看到了脚，觉得我摇晃了一下而已。其实根本不知道实际情况。他们那么热烈地鼓掌，要求我们返场呢。肯定会要求我们返场的！"铃子摇晃着星枝的肩膀说："我们好好向老师道个歉吧。幸亏他没在现场观看。"

两人走到舞台一侧，簇拥在那里的欢呼雀跃的舞蹈演员和献花少女们顿时安静下来。铃子略显腼腆地朝他们微笑示意，而星枝却闷闷不乐地紧闭着双唇。似乎有种力量让她不得不沉默。

此时,大幕已经升起。

舞蹈演员们用眼神相互示意着,手牵手走向舞台,将她俩簇拥在前面。

两人站在正中间的位置,和其他人一起在舞台上排成一列,向观众致谢。

少女们各自手捧着花束走上前去,献给铃子和星枝。

这些献花的少女们都不满十一二岁,其中年龄最小的甚至只有六七岁。都身着长袖和服。刚才,她们的母亲或姐姐们,以及未出演《花之圆舞曲》的身着其他舞蹈服装的演员们,就在舞台一侧照顾她们,帮她们抚平头发,整理腰带,叮嘱她们在舞台上不要紧张,应该把鲜花献给谁等。

星枝和铃子的怀里抱满了鲜花。

这首《花之圆舞曲》原本就是为她俩量身定制的。舞蹈动作也是专门为她俩设计的。其他演员只是作为背景或陪衬而上台的。为了始终突出她俩,服装也设计得和其他演员不一样。

观众又为这些献花的小使者们送上了一波热烈的掌声。

铃子和星枝怀里的鲜花已经没过胸口了。

最小的一位献花小使者走路还摇摇晃晃的,被落在后面了。她抱着一束清一色的淡蓝色小花停在了星枝面前。那花束甚至还没有大朵的向日葵大。由于人和花束都太小了,以至于星枝完全没有发现她。旁边的铃子提醒星枝:"喂,给你的,好可爱的花。"小女孩正纳闷儿地望着星枝的脸,听到铃子的声音,便将花束举向了铃子。

"嗯，不是哦，给星枝吧。"

铃子小声嘀咕着，用眼神暗示小女孩，但对方并不能领会。这样一来，星枝也不便从旁接过花束了。铃子只好和蔼可亲地接过淡蓝色的花束，轻抚着小女孩的头低声说："谢谢！可以了。妈妈在那边叫你呢，快去吧。"

身着长袖和服的少女们献完花之后退下了舞台，演员们再次向观众致谢。帷幕徐徐落下了。

"这是你的花哦。"铃子将这一小束鲜花往星枝怀里的花束中间一插，问道："为什么不接过来呢？让那么小的孩子在舞台上出丑，太过分了吧！她都快哭了呢。"

"是吗？"

"高树靡阴，独木不林。记住了没？"

铃子如此说着，脸上还保持着微笑。

小小的淡蓝色花束，夹在蔷薇和康乃馨花束之间，显得那么鲜艳夺目，仿佛这才是真正的鲜花。

舞蹈演员们都觉得稀奇，争先恐后地探着头看星枝怀里的这束花。有的说好可爱，有的说好洋气，好漂亮，还有的说像童话里的王冠，梦幻国度的糖果。

"有香味儿吗？"其中一人拿过来仔细看了看。

"好想手持这束花跳舞呀。这是什么花？星枝，这花叫什么名字？"

"不知道。"

"从来没见过呢。什么人会送这么独特的花呢？"说着将花还给星枝。

星枝漫不经心地接过来说:"这花枯萎了。"

对方诧异地看着星枝的脸。星枝又重复了一遍:"枯萎了。"

"没有枯萎呀。不要在这里说那种话,回去插起来就精神了。如果被送花的人听到了,多不好呀。"

"但确实枯萎了。"站在不远处看着这一切的铃子发话了,"你嫌它枯萎的话就给我吧。是不是我错接了这束花,你不高兴了?"

星枝没有接话,顺手将花束扔给了铃子。铃子接住的同时,有什么东西掉落在了舞台的地板上。那是藏在花束中的一条宝石项链。用来固定它的一两枝花也随之掉落下来。

然而,星枝将花束扔给铃子的同时,便迅速起身从演员们中间穿过去,走到那个献花的小女孩面前,蹲了下来。

"对不起,都是我不好,对不起!"说罢便将孩子连同怀里的花束一起抱起来,跑上通往后台的楼梯。这一连串动作一气呵成,以至于完全没发现有项链掉出来。

"星枝!"

铃子朝她迅速地瞟了一眼,捡起项链,看了看塞在淡蓝色花束里的一小张名片。有一两个舞蹈演员也瞟见了。

"胜见。铃子你认识这个叫胜见的人吗?"

"认识。"

"是男人吗?"

铃子没有作声。

星枝大步流星地冲上楼梯,连怀里的花束掉在了楼梯上也没有停下脚步。一只脚上的舞鞋鞋带松开了,她就干脆用力一踢,鞋子被远远地甩落在楼下的走廊上。而她连头也没有回。

在这期间,观众们催促返场的掌声一直没有停息。

乐手已在乐池就位。掌声越发热烈。

铃子急吼吼地推开后台的门。

"返场了!星枝!返场了!"

她一进门就悄悄地将项链放在星枝梳妆台的边上,同时抬眼从镜子里斜瞄了她一下,故作开心地说:"难过什么呢?返场了哦!乐手已经在台上等着了。唯有你在这里暗自神伤,也说不过去啊!"

被她抱上来的小女孩已不知去向,只有星枝一个人站在窗边,凝望着夜幕中的城市。

"可不能惹大家生气哦!"

铃子拉着她的手匆忙起身,星枝倒也顺从地跟上来,走了五六步,在穿衣镜前停住了。

"呀!小瘸子!你的舞鞋呢?"

铃子从镜子里注意到了星枝的脚。但星枝却看着镜中自己的脸说:"我这张脸没法再跳舞了。"

"和脸有什么关系?"

"你也说了,一辈子不跳舞了。"

"要跳一辈子的,我们俩一辈子都要在一起跳舞。舞鞋在哪儿?"

"我不想跳了,没心情跳了。"

"那其他人的心情呢?你绝对不能这样。想想看,今晚的演出是老师专门为我们俩举办的。那么多人为我俩辛苦忙碌，难道你不知道吗？即便心里流泪脸上也要挂着微笑，毕竟观众们那么喜欢。"

"他们喜欢吗？喜欢那么糟糕的演出？"

"你没听到他们鼓掌吗？"

"听到了。"

"好了，快点儿穿上舞鞋。舞鞋在哪儿？"

后台是一间很小的西式房间，沿墙壁铺着一块高高的榻榻米，化妆镜并排放置着，有一面大大的穿衣镜。墙上挂不下演员们的衣服，所以就乱七八糟地堆在房间正中央的圆桌上。除了他们的衣服，还有些观众献的花篮、盒装点心以及花束也堆放在那里。

榻榻米下方并排摆放着许多脱下来的舞鞋。铃子蹲在那里，手忙脚乱地寻觅着星枝的另一只舞鞋。这时，门开了。

是她们的老师竹内。他一只手拿着星枝的舞鞋，走到她面前，若无其事地将鞋子放在她的脚边，轻轻地说了一句："冷静一下。"

"啊，老师。"铃子通红着脸跑过来，双膝跪在星枝面前，帮她穿好舞鞋。

星枝任由铃子摆弄着她的脚，一动不动地盯着竹内说："老师，我不想跳。"说着转过脸去。

"想或不想都得跳。舞动不止才谓之舞蹈，这是我们一生的事业。"

竹内笑着坐在自己的化妆台前，化了个舞台妆。

他只穿了上半身的舞蹈服。近看他化过妆的脸，比五十岁左右的实际年龄更显苍老和落寞。

铃子和星枝走出了后台，刚下了一级台阶，木管乐器已经开始吹起了前奏。

观众们的掌声瞬间平息了。

这是柴可夫斯基的《胡桃夹子》中的《花之圆舞曲》。三四年前，在竹内舞蹈研究所的发布会上，就演出了《胡桃夹子》中《糖梅仙子之舞》《特雷帕克之舞》《阿拉伯人之舞》等全部舞蹈。

那时，星枝跳的是《中国舞》。玲子跳的是《芦笛舞》。

《胡桃夹子》原本是根据圣诞夜少女的梦中奇遇故事而创作的童话舞曲。

那时，玲子和星枝都还是做着胡桃夹子般美梦的少女。

最后一曲《花之圆舞曲》描写了少女们灿烂美好的青春如花朵般竞相绽放的情景。

这支舞曲是她们美好的回忆。

今晚，竹内为庆祝两位女弟子出道，举行了"早川铃子、友田星枝首次舞蹈发布会"，再次在节目中加入了这首《花之圆舞曲》。为突出她们两个人，又对以前的舞蹈动作进行了改编。

星枝和铃子刚一走出后台，竹内就马上站起来，拿起星枝化妆台上的项链看了看，又悄悄放回原处。然后下意识地摸了摸挂在墙上的洋溢着姑娘们青春气息的演出服。

衣服、花束、化妆工具等摆放得越乱，似乎越能体现出姑娘们的活力。

两人走下楼梯，来到舞台一侧时，乐手们已经开始演奏圆舞曲的主旋律，舞蹈演员们一边翩翩起舞，一边等待着主角出场。

"友田！友田！"

身后有人喊星枝，但她并没有听见。摆好舞姿便登台了。

与此同时，玲子从舞台另一侧出来。在舞台中间与她会合时，窃窃私语地鼓励她道："你还好吗？没事吧？"

星枝只用眼神示意了一下，表示她还好。

接下来，铃子一边跳一边还为星枝担心着，时不时地瞟她一眼。当两人再一次靠近时，铃子说："真开心，你的心情终于平复了。"

第三次靠近时，铃子又说："星枝，你跳得好棒！"

然而，星枝好像没听见似的，忘我地沉浸于自己与舞蹈的境界当中。她看起来似乎很开心，越跳越兴奋。

铃子见状反而舞步零乱了起来。她的身体能清晰地感觉到自己动作的不流畅，身心皆无法融入舞蹈当中去。

当两人终于又靠近，做出牵手的舞姿时，铃子不知是嫉妒、是愤怒，还是伤心，总之觉得异常焦躁，不禁脱口而出："骗子！可恶！"

过了一会儿，当再次靠近时又忍不住发泄道："太过分了！可怕！"

但星枝仍然如痴如醉地舞着。

这激起了铃子的斗志，她赌气般的全身心投入舞蹈当中，舞姿立刻变得灵动而富于激情。

为了压倒星枝的气势而拼命舞着的铃子，并不了解铃子的斗志而自顾自舞着的星枝，有种不协调的美。而不是像蝴蝶的两只翅膀一样美得那么自然。

当然，观众是看不出来的。跳完之后，她们被观众的掌声再次唤回了舞台。

星枝较之前像换了个人似的，旁若无人地欢闹着，连声音都高亢起来："太好了！从来没有这么酣畅淋漓地跳过。音乐和舞蹈也配合得很好哇！"

铃子也积极地回应了观众的掌声。当她回到舞台一侧时，身着日式演出服，正在观看演出的竹内抓住她的肩膀，安慰道："跳得很不错！"话音刚落，铃子丧气的眼泪像开闸般奔涌而出。眼看她就要倒进竹内怀里，却又猛然回头，追着舞蹈演员们上了楼梯，跑进了后台。

星枝吹着口哨，迈着舞步走进了房间。口哨吹的正是刚才的圆舞曲里面的一段。

"你这个骗子！太阴险了！自私自利！我居然被你骗了。骗人，卑鄙无耻！"

"哎哟，生气了？"

"你光明正大地和我竞争就好了呀！"

"我讨厌竞争。"星枝一副难以忍受的样子，揪下花束上的花，撒到地上。

"不要碰我的花！"

"这是你的吗？我就是讨厌竞争！"

"是啊。你就是一个彻头彻尾的利己主义者。我从来没见过像你这样任性的人！"

"你生气了？"

"难道不是吗？刚才不是还垂头丧气的吗？说什么难过，心情不好，不想跳舞……弄得我真的很担心你，上了台还一门心思惦记着你，自己跳舞的时候都开小差了。简直可恶至极！而且你像没事人一样跳得那么开心。这不是耍我吗？你这个骗子！"

"我没觉得啊。"

"卑鄙！这简直是算计！耍手段影响别人的士气，自己反倒发挥完美。"

"什么呀！这又不怪我。"

"那怪谁？"

"怪舞蹈啊。跳起舞来我什么都忘记了。并不是因为想着要跳好、要跳好才跳的呀！"

"这么说你是天才咯！"

铃子略含讽刺地甩出这么一句话。这句话在她体内悲鸣着。

"不会输给你的，我绝不会输给你的！"她一边收拾衣服一边焦躁地说，"星枝，你这样下去一定会栽跟头的。有可能会在某个瞬间摔得很重。在旁观者看来，你的性格就好像在悲剧的深渊之上走钢丝。你自己没发现吧？大家都为你担着心：好危险啊，好可怜啊，她怎么样了？所以才会让着你啊。而你却全然不知，自顾自地逞强！"

"可我能在舞台上开心地跳舞，有什么不好吗？"

"开心、开心，你究竟有没有哪怕一次，换位思考一下？"

"在舞台上跳舞的时候还要考虑别人的心情，我不是那种令人讨厌的成年人。那种人想想都觉得可悲，心情不好。"

"你如果能这样固执到底,算你厉害!"说完,铃子把声音降了八度,"你之所以能够在舞台上获得成功,成为舞蹈界的翘楚,靠的不是学习和才能,逞强才是你的第一通行证吧!可以啊,你就让我丢脸,长自己的威风吧!"

"我没有啊!"

"可是星枝,别人对你的热情和疼爱,你感恩过吗?"

星枝不知道如何回答,只是凝视着镜中的自己。

铃子走到她身后,贴近她的脸,望着镜中的她说:"你这样子,也会爱上某个人的吧。那时的你该是什么样子的呢?应该会很开心吧。"

"我生就一副冷漠的样子。"

"瞎说!"

"因为化着妆所以看不出来。"

"快点整理衣服吧。"

"不用了,等会儿保姆会来收拾的。"

这时,竹内表演完回来了。

《花之圆舞曲》后,竹内表演了舞蹈,作为今晚的压轴戏。

玲子轻快地迎上去说:"感谢老师今晚为我们所做的一切!实在太感谢了!"边说边用毛巾为竹内把脖颈和肩膀上的汗擦拭干净。星枝没有从自己的化妆台前起身,只说了声:"谢谢老师。"

"祝贺你们演出圆满成功,这比什么都好啊!"

竹内习惯地让铃子在他身上张罗着,自己则忙着卸妆。

"这都多亏了老师照应啊。"铃子说着,帮竹内脱掉了舞蹈服,擦拭着他裸露的背部。

"铃子！铃子！"星枝用化妆刷敲击着化妆台，厉声责难道。

可铃子像没听见似的，去洗手间拧好毛巾，又回来殷勤地帮竹内擦拭前胸和后背，边擦边兴奋地聊着今晚的舞蹈。最后还单手托住竹内的脚，从脚底到每根脚趾缝儿都擦得干干净净。接着又帮竹内揉了腿肚子。

铃子兴冲冲地忙活着，举止之间洋溢着对师傅的诚心诚意。看起来师徒之间关系十分融洽，也看得出铃子那发自内心的没有一丝勉强的纯朴和真挚。

然而，铃子的动作太娴熟了。再加上尚未换掉舞蹈服，还裸露着肌肤。难免给人偷窥密室男女的感觉。

"铃子！"星枝又喊了一声。她神经质般地厌恶眼前这光景，所以声音异常尖厉。喊完便猛然起身出去了。

竹内一言不发地看着她出去，然后对铃子说："嗯，可以了。谢谢。"他走到房间角落的洗手间，边洗脸边说："南条好像下周乘坐轮渡回来。"

"啊？真的吗？老师。太好了！这次是真的回来了吗？"

"嗯。"

"不知道他还记得我吗？"

"那时候你多大？"

"十六岁。您还记得吗？那时候他还训我说，没法和没谈过恋爱的女孩子一起跳舞，真没意思。"

"当然记得。这次他肯定会高兴地邀请你一起跳舞的。也许会说，没谈过恋爱才好呢。他肯定想不到曾经的小女孩如今已经成长为这么优秀的舞蹈演员了，应该会大吃一惊吧！"

"没有啦，老师。我还期待着他回来教我跳舞呢。可一旦真的要回来了，我反倒只有担心和害怕。他在英国的学校深造，又在法国见识过一流舞蹈艺术家的表演，也许会嫌弃我呢。"

"他也不可能一直跳独舞，总要有个女伴的。"

"那还有星枝呢。"

"你可不能输给她呀！"

"我要是被南条君看着，肯定会瑟瑟发抖，缩成一团。但星枝就可以淡定地跳舞。对手越强，她就越像被施了神奇魔法一般，一飞冲天，超常发挥。好可怕！"

"你也真是爱操心哪！"竹内露出一丝不悦。

"南条回来之后，马上为他举办回国演出吧！到时候你和他一起跳跳看。以后你们三人就以南条为核心，齐心协力，好好发展我们的研究所，我也可以安心引退了。这些年你辛苦了，以后终于可以和南条携手，积极地将我们研究所的事业发扬光大了。把研究所的地板换成新的，墙壁也重新粉刷一下吧！"

南条回国的时间比原计划推迟了两三年，这也是竹内的一块心病。铃子想：这次去横滨迎接他，老师该有多高兴啊！

"还是要从美国绕道回来吗？"

"好像是的。"

"好像？"铃子很惊讶，又问："来信或电报上没写清楚吗？"

竹内答道："其实我是刚才听到报社记者说南条君要回来了，才知道这个消息的。"

"啊？他什么都没有告诉老师吗？怎么、怎么这样啊。"

铃子对此很是意外，看着老师黯然的神情，不禁十分同情，同时有一种自己也被南条放弃了的失望感油然而生，顷刻间眼泪就要夺眶而出了。

"简直难以置信！多亏了老师照应，他才有机会出去留学的。这不是忘恩负义吗？这种人您还要去横滨接他吗？别去了。无论如何我都不会再和那种人跳舞了！"

星枝经过走廊时，道具组和照明组的工作人员已经在火急火燎地收拾整理了。乐师们已经拎着乐器回家了。

观众席上空荡荡的，一片昏暗。

这次演出的负责人、舞蹈演员们的亲朋好友，还有一些看着像她们粉丝的学生和大小姐们都显得异常兴奋，有的评论着今晚的演出，有的坐在长椅上等人，还有的在后台进进出出。

这些所谓的舞蹈演员其实都是研习艺术舞蹈的学生，并不一定会终生献身于舞台事业，立志将来成为舞蹈家的也寥寥无几。其中有一半是女学生或小学生，大多是富家小姐。

她们的后台比铃子她们的那间宽敞。房间里，有人在脱演出服，有人去洗澡了，有人在化妆，还有人在寻找自己的花束，都在各自忙着准备回家。她们充满青春活力的交谈声中还洋溢着演出圆满完成后的兴奋气息，后台一片朝气蓬勃的热闹景象。

大家在走廊上看到星枝，都像往常一样向她表示祝贺，说着"恭喜演出圆满成功！"之类的话。有些人要了她的签名，大家都对她赞不绝口。

她一一致以简单回应，然后溜达到了舞蹈演员们的房间。这时，家里的女用在走廊上唤她，便一起回到了自己的后台房间。

推门进去时，铃子正站在竹内身后为他穿西装。

这次星枝完全没在意，看也不看一眼，只顾着走来走去地吩咐女用帮自己收拾衣服："这个，这个和这个……"

铃子递给她一个暗示的眼神，她顺从地点点头，披上春装外套，和铃子一起将竹内送到剧场出口。

还没等竹内的车子发动，铃子就兴奋地对她说："南条君下周要坐船回来了！"

星枝冷冷地说："是吗？"

"可他好像没告诉老师。真是忘恩负义啊！怎么会干这种傻事。太过分了！你不觉得老师挺可怜的吗？"

"是挺可怜的。"

"要是可以联合其他舞蹈家一起排斥他，在报纸上一起骂他就好了。我们约好不去接他，也决不和他一起跳舞。好吗？"

"嗯。"

"不行，你这样的反应我可不放心。你应该更严肃地表达出愤慨才对啊！原来你也和南条君差不多，是薄情寡义的人！"

"我不认识什么南条君。"

"老师不是经常谈起他，把他当自己的孩子一样看待吗？你没看过南条君跳舞吗？"

"看过。"

"很棒吧！他可是被誉为日本第一位西洋舞蹈天才的！还被称为日本的尼金斯基，日本的谢尔盖·里法尔。所以老师才自掏腰包，不惜借钱送他出国深造。可他……也就是从那时起，竹内研究所便陷入困境了。"

"是吗？"

这时，星枝的司机和女用拿着她的行李箱和观众献给她的彩条花绣球出来了，正好碰上。

一位坐在走廊的长椅上等候的青年站起身，从星枝身后追上来，喊道："友田小姐！"

"呀！你在干吗？还没回去呢？"星枝若无其事地径直走了过去。

回到后台后，铃子卸了妆，走进房间角落的屏风内，边脱衣服边说："我们俩今晚的演出，是老师硬着头皮借钱举办的。"

"哦。"星枝只顾着在意胸口和手腕上蹭的脂粉，随意应和着说，"你不洗个澡再回去吗？"

"星枝，你稍微替老师着想一下吧！研究所的房子也好，乐器也好，像样点儿的东西都拿去抵押了。就连今晚的场地费也是老师奔波了三四天才借来的！服装费也欠着呢。服装租赁公司已经催了好多次了。实在太讨厌了！星枝，你知道'贫富原在咫尺间'这句话吗？"

"知道啊。穷起来连丝绸腰带都不得不卖掉了嘛。"

"你也说不定什么时候就不得不卖掉丝绸腰带了呀。要饭的也得吃米饭呢。你也太没心没肺了。就说刚才吧，是不是太明显了？那副讨厌的表情。我作为弟子照顾老师有哪里不妥了？"

"恶心！"

"恶心？哪里恶心了？"

"就是恶心！老师光着身子，恶心！你还擦得那么起劲儿！"

"啊……"铃子没想到星枝会这么想。只感觉胸口好像突然被人捅了一刀，再也说不出话来。

"去洗澡吧。"

"是让我去洗手吗？"铃子感觉受到了屈辱，连表情都僵硬了。

"我不想看见铃子做那样的事。"

"可是……"

"可悲！"星枝斩钉截铁地说。

铃子像被击倒了一般沉默着。

"我总觉得你可怜，看不下去，抑制不住地想发火。"

"你是为我着想？"

"是的。"

"我明白了。你这么说我觉得很欣慰。"铃子自言自语道，"这就是大小姐和穷人家孩子的区别。也许是与生俱来的性格，没有办法。我只是觉得老师可怜，发自内心地想尽力帮他。并不是把这看成弟子应尽的义务，或是为了取悦他才去照顾他的日常起居的。我只是喜欢做这些。况且，女人结婚以后不都得做这些嘛。"

"别人怎么样我不管。我喜欢铃子，所以才讨厌你这样，才会觉得痛苦。"

"嗯。"铃子搂住星枝的肩膀，让她在化妆镜前坐下来，"我帮你化妆。"

星枝很温顺地点点头。

两人都换上了自己的洋装。

铃子一边帮星枝整理头发一边说:"我是十四岁时成为老师的弟子的。他还送我上了女校。虽然他把我当成自己的孩子看待,但我还是会和女用一起下厨房,毕竟是在别人家里,对许多事情我都学会了察言观色,先考虑别人的感受,然后才是自己。因为我一心一意地想学跳舞,所以学会了忍耐。"

"人的内心,是旁人可以洞察的吗?我不信。"

"我不是在和你讲大道理。师母已经不在了。正因为如此,我才觉得自己特别懂他。有时会想,如果我不在他身边,他会怎样呢?是不是经常穿着脏兮兮的衬衫,指甲也不剪呢?"

"总去揣度别人的心思,你不觉得可悲吗?"

"是可悲。所以我才深深地感谢艺术。如果没有献身艺术,我肯定会变成一个性格乖僻,心术不正,喜欢卖弄小聪明的人。没有一点儿女孩子样儿了。是艺术拯救了我。"

"我很惧怕艺术。"

"舞蹈不是艺术吗?难道不是因为你天才般的舞蹈天赋,大家才会包容你的任性和自我吗?除非你彻底疯了,才会不跳舞吧!"

"不知道为什么,我很惧怕艺术。我总是会迅速地沦陷其中。沉浸在舞蹈中时心情特别愉悦,但又总觉得不安。这种宛如冲上云霄的愉悦感究竟会带我去哪里,变成什么样呢?那感觉就像在睡梦中飞上了天空,抓不住任何东西,就那么嗖的一下飞走了。想停下来,却又身不由己。我不想迷失自我,不想深陷某处。"

"你这大小姐真是饱汉不知饿汉饥啊!自命不凡的人才敢说这种话。羡慕至极!"

"也许吧。铃子你真的想在舞蹈家这条路上一直走下去吗?"

"真是的,现在还说这个干吗。"

铃子嗔笑着用大化妆刷碰了碰星枝的脸,星枝静静地闭上眼睛,略微抬起下巴道:"瞧我是不是生就一张冷漠的脸?"

铃子帮星枝抹着腮红,描着眉毛说:"刚才为什么难过?你还从来没有那么暴躁过,一下子就失态了。"

而星枝的脸上没有任何表情,宛若一副美丽的假面具,纹丝不动。"我如果就那样摔倒在舞台上,真的太丢脸了。我本来就不想跳。刚要上台就看见我母亲坐在观众席上,一下子心烦意乱的,就乱了舞步,怎么也跟不上音乐的节奏了。伴奏也太差劲儿了。"

"啊?刚才你母亲在现场?"

"她悄无声息地把女婿候选人带来了。我们跳舞的时候袒胸露背的,不想给他看到啊。"

铃子有些意外,她看着星枝的脸说:"好吧。"然后将眉笔插进化妆台旁边的化妆包里。忽然,她愣了一下:"咦?项链呢?项链哪儿去了?"

"不知道啊。"

"就在这里啊。你真不知道吗?完了,不见了呀。你让一下。"

说着,铃子拉开化妆台的抽屉,又看了看化妆台后面,慌慌张张地搜查了一番。星枝任由她忙活着。

"别找了。可能是女用拿走了。"

"如果真是那样就好了。但看起来她并没有收拾化妆台啊。如果丢了就麻烦了。我就不应该放这里,这和舞台上使用的玻璃赝品可不一样啊。我去问问其他人。"

说着便心神不宁地走出了后台。

星枝只呆呆地望着镜中自己的脸。

室外的晚风已似初夏般温热,但后台房间里因为有各种绚丽夺目的舞蹈服和鲜花,还有姑娘们的脂粉,所以还洋溢着晚春的馨香,仿佛把年轻的肌肤滋润得越发嫩滑了。

美国航线的筑波号于上午八点驶入了横滨港。

因为职业的关系,竹内经常接送商务人士、外国的音乐家及舞蹈家等,已经颇有经验了。他估算着轮船靠岸时间,稍微晚到了一会儿。

虽然略迟,但海关屋顶上的尖塔如初夏的清晨般熠熠生辉,行道树的影子仍投射在西边,并未过晌。

在海关大楼前面停好车子后,铃子去船务部买了门票。这里的确是一派码头的景象,右边便是一长排低矮的仓库。过了新港桥,左边是脏污不堪的海水。与其说是海,不如说是小河沟罢了。三菱仓库前面停满了日本老式木船,船上晾晒着洗好的衬裙、足袋、秋裤、汗衫、尿布和小孩子的红衣服等,因为太旧而洗不干净了。这些景象反而给周围现代化的海港景色平添了些许古老的情调。还有些船上的人则吃过早饭正在洗刷碗筷。

与竹内、铃子同行的还有两位女弟子。其中一人在海关警备岗亭前下了车,将随身携带的照相机交给工作人员检查。

一行人来到四号码头时,星枝已经等候在那里了。她家就住在横滨,所以一个人先来了。

"哟,你来了嘛!"竹内一下车就将手里的花束递给星枝。

星枝虽接了过来,却发难道:"可是老师,我不认识什么南条君啊,不想给他献花。"

"没事啦。他以后要和你一起搭档上台表演哪。是我的得意门生,和你就像兄妹一样啊!"

"我和铃子约好了,不和南条君一起跳舞。如果可以不来接他就好了。"

竹内只笑了笑,便向轮船公司派驻人员走去。他查看了乘客名单,铃子也跟在后面悄悄地瞄了瞄:"啊,有的有的!老师,在一百八十五号舱房。果然回来了,回来了呀!"

她神采飞扬,双手搭在竹内的肩膀上,高兴得快要跳起来了。竹内也喜不自禁:"是啊。终于还是回来了。"

"简直像做梦一样,我感觉心要跳出来了,老师!"

他们充满期待地眺望着港口。

除非是疯了,否则南条绝不会不跟老师打招呼就回来的。这究竟是怎么回事呢?在码头等待轮船靠岸时,竹内虽然满怀重逢的喜悦,但其中也掺杂了对南条的气愤和疑惑。他大概想起了爱徒南条少年时的样子吧。

他们决定上到码头的二楼,在面朝港口的餐厅里等待南条。那里也站满了前来迎接的人们,每个人都从敞开的窗口眺望着港口。女弟子们有些坐不住了，轻轻地抿了一口红茶，将花束搁在圆桌上，便到走廊上去了。

时值初夏，上午的阳光将整个港口镀上了一层流光溢彩的金色。

摩托艇在停靠着的各国客船与货船之间穿梭着。

铃子还没看清楚哪个是筑波号就已经兴奋不已了。在横滨长大的星枝指着海面说："是那艘，那艘正在开过来的又大又漂亮的船。烟囱粗短，红白相间的。据说轮船上如果没有烟囱，旅客们会感到不安的。所以，轮船公司都会把烟囱装扮得美美的，叫作化妆烟囱，这也是一种获客手段。烟囱大的船看上去更加安全，行驶速度也更快。"

铃子看清楚筑波号之后，就像自己即将登上故土一样嚷嚷道："南条君看到祖国的土地该有多么激动啊！他一定也在遥望着我们。肯定的！此刻应该正站在甲板上用望远镜寻找着我们呢！"铃子这架势，仿佛已经借旁边女士的望远镜望见了南条君一样。那女士脚上穿着厚厚的草屐，烫着大波浪卷发，身着一件长袖和服。

"从开始靠过来到完全靠岸还有很长时间呢。我们去散散步吧。"星枝挽住铃子的胳膊，建议道。

于是，两人沿着来时的路往回走去，迎面而过的是匆忙赶来的汽车和人群。铃子边走边频繁地向筑波号眺望，一副心神不宁的样子。

星枝打开报纸的神奈川版，看着"出入港船只"一栏读出声来："今日入港船只……今日出港船只……明日入港船只……明日出港船只……今日在港船只……"不愧是土生土长的横滨姑娘，她指着停泊在港口内的船只为铃子介绍着，这艘是邮政部出资制造的高档货船，那艘是达拉公司的船等。而铃子却似乎心不在焉。

她们来到栈桥上。有一艘欧洲航线的英国轮船横靠在桥边,只有一个水手从甲板上朝这边俯视着。行至船身附近,安静得有点儿可怕。

栈桥餐厅也打烊了。

一辆运货的马车吱吱嘎嘎地进来了。那马异常老瘦,车夫也和马一样瘦瘦弱弱的,坐在车上打着盹儿,眼看就要摔下来倒地不起的样子。所谓的马车也只是在一块木板的四角绑上了四根棍子的破车。

一对看起来像是英国人的老夫妇从对面走过来,手里牵着一个十二三岁的少女,静悄悄地回到船上来。少女唱着歌,声音异常甜美动听。

她们站在栈桥的屋顶平台或者说是二楼的边上,默然眺望着港口。过了良久,星枝忽然说:"铃子,你会和南条结婚吗?"

"啊,没有这回事啦!为什么这么问?讨厌啊。那只是谣言。"

"你不是想等南条君一回来就结婚吗?"

"不是的,只是大家都这么说而已。"铃子急忙解释道。随后又自言自语地说:"那时我还是小孩子,他出国的时候也只是把我当小孩子看待的。"

"原来是初恋啊。"

"那是五年前的事了。"

"铃子如果结婚的话,老师会很孤单吧。"

"哟,星枝也这么会关心人,真是没想到哇。老师听到了应该会很开心的。不过应该没关系,我们迟早都要结婚的。话说回来,南条哪怕稍微考虑下我的感受,也不能一声不响地回来,甚至连书信或电报也不来一封啊。"

"我们还来迎接他，真是太傻了。"

"南条君一定会很喜欢星枝的。"

"真没见过像你这么没自信的人！瞎说什么呢！"

当两人回到四号码头时，筑波号已经像一只庞然大物般靠近了岸边，抬头望上去感觉令人窒息。

从船上传来了奏乐声。

海鸟成群结队地聚拢来，又从船和码头之间匆忙地四下散去。摩托艇分别从船头和船尾拉了缆绳下来。码头上的人们熙熙攘攘，纷纷将身体探出栏杆外。已经可以看见船上的乘客了。他们也在甲板上踮起脚尖张望着，有人摇晃着国旗，还有人用望远镜朝岸上观望。成排悬吊着的救生艇下方有一扇扇圆窗，可以看见窗里一张张热切的面孔。

有人高举着迎接复员军人时用的国旗。西方人则和家人互相拥抱，挥动着帽子。也有一位日本姑娘，对眼前的热闹景象置若罔闻，独自倚靠在餐厅的墙壁上，悠然自得地看着外文书。码头的岸桥上聚集着一群酒店的揽客人员。在迎接的人群中，不全是迎接耀眼的留洋归国人士的衣着光鲜的人，也有从乡下来迎接自己的移民亲戚的，还有船员家属和睡眼惺忪的码头妓女。

已经可以看清楚船上乘客的脸了。此时，船上和岸上的感情纽带终于连接上了，巨大的喜悦感让人们狂欢起来。这是发自内心的纯粹的兴奋时刻。

一位美丽的大小姐似乎发现了自己等待的人，不禁长吁一口气，踮起脚尖，手舞足蹈地喊："啊——好开心啊！啊——"

眼前的情景激起了铃子的共鸣，她将花束高高举起，拼命摇晃着。

竹内也兴奋地高声喊道："哪里？哪里？南条在哪儿？看到他了？"

"看不到，但就是很激动。"

"你好好看着。没有吗？"

"南条肯定已经看见我们了。"

"奇怪，没有一个像是南条啊，太奇怪了。"

旁边的人都急匆匆地向下走去，竹内一行也随人流出去了。等待进船的人们已排好了长队。铃子和星枝被前后推搡着，不得不把花束高高举过头顶。

不一会儿，可以登船了。他们也从B甲板上了船，本以为南条会在入口大厅里等着他们，可找了一圈也全然不见他的踪迹。

"肯定还在舱房里。"

他们急急忙忙地赶过去，只见一八五号舱房的门上赫然贴着南条的罗马字姓名牌，但门却紧闭着。敲了半天也没人回应。

他们又赶紧把A甲板的散步场、吸烟室、图书室、娱乐室以及餐厅都搜索了一番，还是不见南条的身影。到处都是被重逢的喜悦包围着的亲戚、恋人、朋友，被他们冲撞着，推搡着，快跑着，竹内的脸色渐渐变得严肃，甚至扭曲起来。

铃子和星枝沿狭窄的舷梯上去，那里有个小孩子的游戏室。

"哟，这里居然还能玩沙子呢。"

星枝抓起一把沙子，露出好奇的表情。而铃子在小小的沙池里哭泣着跪了下来。

"过分！太过分了！简直可恶！"

"有什么好哭的。"星枝紧闭着嘴唇，握紧了拳头。

"很好！有趣极了！"竹内急得眼睛充满了血丝，到办公室打听去了。

"请问，一八五号舱房的南条先生已登陆了吗？"

"这个……毕竟乘客太多了，我不是很清楚。但现在值班服务员应该还在舱房附近，他可能知道的。"

听了办公室工作人员的回答，他们又返回舱房，询问在那里打扫卫生的服务员。但服务员说："基本上都已经登陆了。"

一八五号舱房的门依然紧闭着。

两排舱房的中间是又窄又长的走廊，油漆地面闪着明晃晃的光，一个人影都没有。

在大厅里等候的女弟子们露出不安的神色。那里也已一片寂静了。竹内努力抑制住内心的愤懑，苦笑着说："应该已经登陆了。我们应该在岸上等的。"

也许是吧。码头分为楼上楼下两层。迎接的人们从楼下进船，乘客从二楼上岸。大概是为了防止发生混乱。从岸上临时连接到船上的渡桥也分为上下两层。也许在竹内他们进船之前，南条已经迅速上岸了吧？

乘客的行李也陆陆续续地运走了。

刚要下船，星枝一把将花束扔进了大海。花束随着波浪起起伏伏，铃子望了一眼，又不禁出神地凝视着自己手中的花。

面朝港口的餐厅又热闹起来，有人在发表回国的即兴演讲。

出了码头后门，他们甚至连停在那里的汽车也一一查看了一遍，最终也没见到南条的影踪。问起报社记者，他们也说在寻找南条，想进行回国采访来着。

竹内说了声："实在抱歉，失礼了。我先离开一下。"然后头也不回，大步流星地走了。

也许是无法忍受彼时的屈辱和激愤，又或是太过悲伤，想一个人静一静吧。

女弟子们面面相觑，无所适从。星枝家的司机把车子开过来了。

"回去吗？"铃子含混不清地问。

星枝用力地摇摇头："不回去！"

"可是……"铃子呆呆地目送着竹内的背影，眼泪夺眶而出，"老师！老师！"她一边喊着，一边追了上去。

两位女弟子满脸困意地望着星枝问："你不回去吗？"

"不回去。"

"那我们先回去了。"

"再见！"

星枝一个人又上了船。她走到南条的舱房门口，悄悄地靠在门上一动不动，闭着眼睛。那张脸就像一副冰冷的面具。

仓库的紫红色屋顶，行道树的新绿，前方散布着白色西洋建筑的街道以及海上吹来的微风，都给人以豁然、鲜明的印象。铃子的脚步声越来越响,这或许更加重了她追赶竹内时内心的难受和苦闷。她心无旁骛地向前跑着。

"老师!"当追上竹内时,差点儿一头撞上去了。

"啊!"竹内出其不意的表情里透着难以掩饰的惊喜。

"你一个人吗?"

"嗯。"铃子摘掉帽子,一边甩着头发,一边擦拭着汗水。

"已经夏天了呢。"

"天气真好啊。"铃子开心地笑了。

"我一个人急急忙忙来追老师,不知道星枝她们怎么样了。"

竹内没有接话。铃子边走边下意识地瞥了一眼竹内的脸色。

"南条可能正在酒店里休息呢。"竹内说着,进了新格兰酒店,但很快就出来了。看来南条也不在这里。

"去吃午饭吧。"

等在外面的铃子依然愁容满面,拼命摇头。

"那再走走吧。"

铃子点点头。他们从浓荫蔽日的山下公园旁,穿过垂柳轻拂的谷户桥,沿着两侧有西洋花屋的坡道,朝小山包上悬挂着气象站旗帜的方向登上去。远处传来少女们合唱赞美诗的声音。循着歌声,他们走进了一处外国人的墓地。

虽说是墓地,但却非常明亮。白色大理石墓碑醒目地矗立在绿意盎然的草坪上,旁边点缀着花花草草,在初夏正午的阳光下熠熠生辉,宛如一处整洁、有序、欢乐、静谧的庭园。站在小山包的陡坡上远眺,从停泊在右边港口的船只、海岸上的街道、伊势佐木町的百货商店，一直到远处的山脉，一览无余。

赞美诗的声音从山麓那边的墓地袅袅不绝地传过来。唱歌的大约是基督教学校的女学生吧。

入口道路一边的河堤上，皋月杜鹃像燃烧的火焰般怒放着，热情的红色映照在大理石十字架上。

在草坪和空气的映衬和烘托下，女子衣服的颜色像一幅鲜艳美丽的画，尤其是年轻女孩们的日本和服简直美得不可方物。前方视野开阔，没有一丝遮挡，所以会产生自己悬浮在城市半空的错觉。也许因为这里是横滨的一处名胜，所以除了前来唱诗祭拜的人之外，还有一些盛装来游玩的日本姑娘，优哉游哉地在附近徜徉着。

"为吾爱妻之神圣回忆，"铃子边走边好奇地读着这样的碑文以及碑文下方镌刻着的圣言。读着读着，她似乎顿悟了与墓地里的人有着缘分的人的爱与悲伤，自己的感情也不由得真实地流露了出来。

"那个，老师，南条君真的回来了吗？"

"回来了。不是有他的舱房吗？"

"他不会是中途跳海了吧？"

"他怎么可能干这种蠢事！"

"我觉得无法解释。除非在舱房里的是他的遗骨或灵魂。"

正说着，铃子发现脚边有一块崭新的大理石小墓碑，正面雕刻着百合花。

"哇，好可爱。是小婴儿的墓吧。"

她自然而然地将一直拿在手上，都快要遗忘了的花束放在墓碑前。

小小的墓碑前是用大理石围起来的花圃，除了种植的各种花卉，还有一些大概是祭奠的人带来的盆栽。

"星枝早就把花扔到大海里去了，不像我一直拿着走到现在。让南条君见鬼去吧！就当把关于他的记忆和这束花一起扔在这陌生人的墓前了。"

"是啊。"竹内心不在焉地回答着，抬脚往一块海角般突出的花圃走去。少女们一边唱着赞美诗，一边沿着小山包下面的坡路回去了。铃子在竹内旁边坐下来，说道："老师，发布会的那天晚上，我本来和星枝约好了，像南条这样忘恩负义的人，我们绝不和他一起跳舞，也不会去迎接他。但是因为老师说了要去迎接他，所以……"

"不说这个了。"

"他不是那种不和老师打招呼就会踏上日本国土的人。"

"他有他的想法吧，也许发生了什么事情。总之，可以确定他从筑波号上岸了。大不了在日本国内多找找，他的职业就是跳舞，不可能一直躲着不出来的。你一定得把这个男人抓出来。"

"我可不干！"

"你和南条不是有什么约定吗？"

"约定？"

"就是南条出国之前啊。"

"没有啊，什么也没有。"铃子连连摇头，一副很认真的表情。

"不过，从我送他来码头到我离开之前，他只是说，无论发生什么事情都不能放弃跳舞哦。"

"你应该遵守约定啊。就算把我这个老朽扔在这墓场，你也要和南条一起跳舞！"

"什么呀，不要再说和老师分开这种话啦！"

"这不算什么。艺术的修行比这更加残酷。哪怕是自己的父母兄弟也可以见死不救的那种残酷。要忘记廉价的人情世故，首先必须具备自我献身精神。"

铃子盯着竹内的脸看了许久："老师您在撒谎呢。"

"撒谎的是你。"

"您还是更加疼爱我一些。"

"那倒是。但是这五年来，你是那么热切地等待着南条回来。一旦他回来了，你又杞人忧天，担心他不理你了，畏首畏尾不敢跳舞了……还因为南条没有告诉你回来的邮轮班次这种小事就马上说他坏话，说他是忘恩负义的疯子，这都不是你的真心话啊。"

"是真心话。您不觉得南条很过分吗？"

"我当然生气啊。"

"但您还是来接他了。"

"是的。我也是为了将你们托付给南条，才忍辱负重来接他的。"竹内虽然嘴上振振有词，但内心却感到愧疚和落寞。因为他原本想请学成归国的南条担任研究所的助手，重新积聚人气，摆脱目前的经济困境。

可眼下铃子应该是想不到这些的。她被竹内的话感动了，点头说："嗯，我非常理解老师的心情，所以才更加觉得遗憾。"

"遇上这种事情，也没办法了。你应该更加执着些。"

"我该怎么做呢？"

"你应该明白的呀!抓住南条!想方设法把他在国外学的本领都掌握住。用榨干他生命的气势弄垮他。如果南条背叛了你我的话,就这样复仇!如果他是恶人,如果你爱他,就应该为消灭他的恶而与他同归于尽。这样才不留遗憾!我会为你们料理后事的。也许不留遗憾地活着才是艺术的根本。你思念了他五年,如今却因为这些不必要的小事让这纯洁的感情蒙尘,多可惜呀!"

铃子听着听着,不由得泫然欲泣。

竹内说出这样与年龄不相称的话,是对年轻人的嫉妒,对已逝青春的悔恨,也是对铃子的疼爱。看到这些话已直抵铃子的内心深处,他便噌地站了起来。

"即使南条忘恩负义,人们还是会为他的舞蹈喝彩的。"

铃子的眼睛紧紧追随着他,问道:"您很孤单吧?老师。"

"你哭得这么伤心,不也是为了南条吗?"

"不是。我是因为听了老师的话,觉得有些凄凉。"

"你别往心里去。"

"可我从来没想到就这样被老师放弃了。"

竹内对她这种想法有些吃惊。看了她一眼,若无其事地说:"友田家就在这附近吧?"

"嗯,她应该已经回去了。"

"顺便过去看看吧。"

铃子没吭声,边摇头边起身走开了。

就在竹内和铃子走进外国人墓场时,星枝正倚在南条舱房的门上,一动不动地站在那里。她没有任何表情的脸就像一副冰冷的面具。

不久,响起了钥匙开锁的声音。星枝悄悄地往后退了一点儿。门轻轻地打开了。她的身体正好被挡在门后。一个女人从门内探出头来,扫视了一下走廊。随后就看见南条跟着她走出来。

他拄着一根拐杖。

那女人轻轻地推了一下,门自动关上了。

他们看到门后的星枝,一下子呆立在那里。但南条和星枝实际上并未谋过面。

星枝就那样靠在门后,低着头,一动不动。

南条二人只得从她面前走过去。走出几步之后,星枝也开始跟着他们往外走。

那女人一边不安地回头张望,一边责怪着南条:"她是谁啊?"

"不认识。"

"撒谎。"

"认识的话我就打招呼了啊。"

"那是因为我在。你别装蒜了!"

"说什么呢!"

"可她明明在等你出来呀!"

"我对她完全没有印象。"

"脸皮真厚呀!一直跟着我们,讨厌!"

星枝并没有听见两人的对话。她气得握紧了拳头,捶了两三下自己的腰部,紧闭双唇,没事儿人一样走开了。

船内一个乘客都没有了。

码头也变得静悄悄的。只有码头工人在忙碌地搬运着从船舱中掷出的行李。

南条和那女人逃也似的从码头后门出去，上了一辆巴士。

南条的右脚似乎有点儿跛。

那女人看起来比南条年龄大，约三十岁，是一位西式打扮的美人。

星枝的司机看她这副表情，感到有些莫名其妙。忙拉开车门问："小姐，您怎么了？"

"跟上那个瘸子的车。畜生！"

"是前面那两个人吗？"

"是的。绝不能跟丢！哪怕追到天边也要追上他们！"

慑于星枝的气势，司机慌忙发动了车子。

"怎么回事？他们是什么人？"

"舞蹈家。拄拐杖的舞蹈家，真是奇葩！就像哑巴歌手一样。活该啊！"

"追上他会怎么样？"

"不知道。"

"这次就是来接他的吗？"

"是的。"

"那位小姐是他同伴吗？"

"不知道。"

"他是您的老友吗？"

"我不认识他。"

"只要看清楚车牌号码，一会儿就能知道他们的目的地了。"

"烦不烦啊！你只管追就好了。就会惹我生气！"星枝粗暴地骂道。

车子飞奔出横滨市区，从藤泽穿过一片松树林，紧接着赫然出现一片碧蓝色的大海，江岛浮现在眼前。

至此已跟踪了好远的路程。前面的车子老早就发现被跟踪了。为了甩掉星枝，怕是绕了许多冤枉路。

南条完全不理解星枝的行为。算一算星枝的年龄，在南条离开日本时，她只不过十五六岁。南条对这么小的少女完全没有印象。而且，刚才那种几乎面无表情的冷漠态度又是为什么呢？除了傲慢和固执，那种虚无缥缈又略含威慑力的美给南条留下了更为深刻的印象。但他却无法停车去质问她为什么跟踪自己。

那女人怀疑，或者说不能理解南条和星枝之间究竟有什么秘密。但又觉得这位大小姐看上去并不像是什么行为不端的人，为何如此大胆地追至此地呢？

连星枝也很难理解自己这种行为。

汽车从江岛向鹄沼方向疾驰着。这是一条适合兜风的海滨公路。左边是沙滩，右边是一片整齐的松树林，目之所及一片晴朗。柏油马路宛如一根白线，延伸至远处伊豆半岛万里无云的天空，富士山浮现出壮美的身姿。浪花们高声喧哗着，沙滩绵长得望不到尽头。小松树低矮而整齐，视野开阔而明亮。还有一片种满了松树苗的沙地。这里的植物只有松树。

两辆汽车仿佛贴地飞行般快速前进，看起来像是一场完美的旅行。

不一会儿,前面的车子在辻堂的松树林处转了弯,随即消失在一幢别墅的院子里。

后面的车子也放慢速度,跟着拐进了那条小路。星枝想看看门牌,于是贴近了车窗,此时南条突然从门后闪了出来。小路非常窄,以至于车身可以触到两边的松树叶子。所以南条和星枝相互对视时相隔的距离意想不到的近。甚至可以感受得到彼此的气息和皮肤的温度。

星枝突然间羞红了脸,紧闭上了嘴唇。

"你是谁?有什么事吗?"南条故作平静地问道。

星枝没有回应。

"你一路跟踪我过来的吧?"

"嗯。"

"究竟为了什么?"

"我疯了。"

"疯了?你?"

"嗯。"

南条莫名其妙地盯着星枝。

"呵,疯子可真有意思。我特别喜欢疯子。好不容易追到这里了,就进来聊聊吧!"

"我没什么好跟你说的。"

"那不好意思,请问您是为什么跟踪我到这里的?不问清楚我是不会放你走的。"

"因为我疯了。"

"别开玩笑了。你在耍我吗?"

"随便你怎么想。我来只是为了羞辱你。"

"什么?"

星枝暗示司机开车,同时难过得闭上了眼睛。

她心想:"我才不会被这装样子的拐杖所蒙骗的!"

只剩下南条像做了一场噩梦般地望着星枝的车子渐行渐远。

铃子正在教女孩们练习基本功。

这些女孩们和铃子跳《花之圆舞曲》时上台献花的那个小女孩年龄差不多。铃子十分擅长教小朋友,而且会耐心地照顾她们,所以经常代替竹内指导练习。

教完之后,她和小女孩们分开,和年纪较长的三四个弟子一起,一会儿将脚抬高搭在横木上,一会儿对着镜子摆出各种姿势,一会儿又练习着一部分舞蹈动作,就这样各自随意地练着功。

竹内在会客厅接待经纪人。

刚刚才收到了南条的来信,竹内面露难色。信里讲南条右腿关节患病,不得不依赖拐杖。作为一名舞蹈家,他已经不能站立了,现在不过是一具行尸走肉。自己早已放弃了做舞蹈家的梦想,但一想到老师会很悲伤,就不愿意给老师看到自己可怜的样子。

以南条回国为前提制订的计划全部泡汤了。尽管南条连回国的邮轮号也没有告诉竹内,但竹内坚信他会回到自己身边,已经计划在东京、大阪、名古屋等地为他举行回国汇报演出了。并且和电影院签好了合同，打算率领自己的弟子们参加演出。

"可是，即使自己跳不了舞，也不影响舞蹈设计啊。挂着拐杖进行舞蹈设计什么的，这样悲剧性的宣传效果不是挺好的吗？"年轻的经纪人说道。

但竹内却毫无兴致："我不想卖惨。南条已经够可怜了。"

"哪儿的话呀！千辛万苦深造了五年，也应该寻找一条作为舞蹈设计师的生存之道呀！"

"换位思考一下，南条有可能想把跳舞忘得干干净净的呢。总之，见不到南条是弄不清楚的。他可能会来道歉。"

"你这种优柔寡断的温情反而会害了南条君的！无论如何都应该放手让他试试啊！"

"谁优柔寡断了？你不懂的！"

经纪人索性直说，现在不是讨论这种问题的时候，凡是具有宣传价值的东西都应该拿来利用，好帮研究所早日脱离经济困境。他说得没错。目前研究所已经到了连税都交不起，钢琴被扣押的地步。并且税务局拍卖通知也和南条的信同时寄到了。

总之需要见了南条之后再做决定，所以此次就只谈好了为推销浴衣而举行巡回演出的事。也可以叫作出差推销团，就是在城市之间巡回演出，买浴衣的人可以免费参加音乐舞蹈会。一出去就是很长时间。虽然竹内对此次活动并不是很感兴趣，但他还是决定派铃子和星枝去巡演。

"还有，南条挂拐杖的事，请对外保密。因为他连我都瞒着，偷偷地上了岸。这件事我连对铃子都没有说起过呢。"竹内再三嘱咐之后,和经纪人一起走出了房间。

来到练功房时,铃子正和着唱片中童谣的节奏,指导小女孩们的舞蹈动作。她自己也仿佛变身为小女孩,投入地示范给孩子们看。

年纪稍长的女弟子正在更衣室换下练功服。

竹内稍微看了一会儿孩子们的排练情况,然后走到铃子身边说:"我出去办点儿事,这里拜托你了。"

"好的。"

铃子对孩子们说了声"继续练习这个动作",就走到里间帮竹内更衣去了。

竹内一边打着领带,一边说:"之前说过的推销浴衣的巡回演出,我决定让你参加了。虽然这差事有点儿掉价。"

"这也是学习啊!我只要认真地跳就好了。我一定会干劲儿十足的!"

"这次出去时间很长哪!"

"演出的节目定下来了吗?"

"这次主要是在乡下巡演,排些群众喜闻乐见的花哨的节目就行。你按自己的喜好来吧。"

"嗯,我再想想,把舞蹈服也安排一下。"

铃子将竹内送出门,还不忘叮嘱:"看样子要下雨了。老师您早点儿回家吧!"

她返身回到练功房,闻了闻手中竹内换下来的练功服,扔进浴室里,又出来继续指导孩子们练习童谣的舞蹈动作。

不久,孩子们都回去了。

偌大的练功房里只剩下铃子一人。

她倚在钢琴上休息着,一只手不由得敲起了琴键,随后又选了一张唱片,静静地欣赏着,当舞曲过半时,她突然起身狂舞起来。

墙壁上嵌着一个大西装衣柜般的壁橱,她打开壁橱门,里面整整齐齐地挂满了演出服。铃子一件件地抚摸着,仿佛在追忆着一个个关于它们的往事。然后又迅速地取了两三件出来。

大概是要为巡演做准备吧,她仔细查看了这些衣服是否可以直接使用。华丽的演出服上闪烁着舞台的梦幻影像,她不由得又想翩翩起舞了。于是就在练功服外面直接套上了演出服。

天色暗了下来。外面好像下起了雨。

房间越来越暗,墙上的大镜子反而更加显眼,镜中正在起舞的铃子宛若一条在水中自由游弋的鱼儿。

这时,门口传来了敲门声。

但铃子并未听见,留声机也正在播放着。

门轻轻地打开了。一个人站在门口看她跳舞看了好长时间,她竟然没有发觉。

直到笃、笃的拐杖触地声响起,正做到阿拉贝斯克舞姿①的铃子才突然呆立在原地。

"天哪!南条?是南条啊!"

她踉跄着跑过来。

"你回来了,你果然还是回来了!"

---

① 迎风展翅。一脚着地,一条腿向后平伸。

"你……是铃子吧？"

"我太高兴了！"

"我都快认不出你了。你跳得真好啊！"

"啊！你总算回来了。但是你太过分了！太过分了！"

铃子摇晃着南条的身体，手指突然间触到了那根拐杖，连忙惊恐地缩回来。

"呀，你怎么了？受伤了？"

"老师呢？"

"是受伤了吗？这样站着不要紧吧？"

"我没事。老师呢？"

"喂！到底是怎么了呀？"铃子提心吊胆地搬来了椅子。

"我去横滨接你了，但怎么也找不到你，真的太难过了。"

"我躲在舱房里的。"

"躲？"铃子面色煞白地盯着南条。

"你在船上？我们敲了那么久的门，原来你在船上？太可怕了。当时老师也在的呀！"

"老师去哪儿了？"

"出去了。想向他道歉吗？你真的太过分了！"

"所以，我是来告别的。"

"告别？"铃子吃惊到怀疑自己的耳朵。

南条淡定地点点头："我现在就像不会唱歌的金丝雀一样。你也看到了，我已经不能跳舞了。"

铃子一时语塞。

"见不到老师也好,这样我反而不会那么难受了。可以请你替我跟老师说声对不起吗?麻烦你跟老师说,南条没有自杀,回国了,这已经是不幸中的万幸了。"

暮色渐浓。

"对不起,我……"铃子挤出这么几个字,眼泪扑簌簌地掉下来。像呼唤远方的亲人一样自言自语地说:"跳不了也没关系,跳不了也没关系啊!"

也许是这句话击中了南条的心,他沉默了。

"等啊等啊,这么多年我一直在等你啊!"

"可我现在对老师也好,对你也好,都是一个废人。"

"不,没有人能替代你,对我来说你是不能替代的。"

"我对你有什么用?我能做什么呢?"

"你可以的!哪怕你其他的什么也做不了,但有一件事是可以的!"

"爱你吗?"南条含混不清地说。

"可是……是啊……你和我现在能做的恐怕只有殉情了。"

"可以啊!"铃子哭着说。

"不要再哭了。与你相比,我是个连哭都哭不出来的可怜人啊。"南条从椅子上站起身来,"在我的印象里,你不是这么感情用事的人啊。"

"那是偏见!我很清楚,你需要我的爱。"

"天黑了。我再看看这久违的练功房就回去了。"

南条凭记忆摸索着按了下开关,电灯亮起的一瞬间,他一下子惊呆了。

挂在正对面墙上的星枝的照片一下子闯入了他的眼帘。虽然只是胸部以上的舞蹈照片,他还是一眼就认出来了。

"那个疯子。"他下意识地喃喃自语着,若无其事地凝视着照片。

"真美。也是老师的弟子吗?"

"嗯。她叫友田星枝。前阵子老师为我们俩举办了一场演出。她也去横滨接你了。"

铃子擦了擦眼泪。

南条巡视着并排挂在墙上的照片,问道:"老师真是桃李满天下啊。研究所现在怎么样了?"

"问得好。所里很艰难。你出国的时候,老师把这栋房子抵押了。你都忘了吗?还有你之后的生活费。"

"我都知道。"

"你知道师母已经去世了吗?"

"知道。她比我的亲生母亲还疼爱我。"

"好像从那以后,老师的身体就一下子垮了。"

"是吗?"

"他正翘首以盼地指望着你呢。本打算等你回来之后就安心引退,把研究所交给你的。"

"麻烦告诉老师,南条没能自杀,回来了。"

"你究竟发生什么事了?"

"你问这个吗?我的关节坏了。"

"坏了？错位了还是骨折了？很痛吧？治不好了吗？喂，你说话呀！"

"我下半辈子就靠这条腿了。"南条用拐杖咔嗒咔嗒地敲着地板说，"可木腿是跳不了舞的。"

"这是什么玩意儿呀！"

铃子一脚踢飞了拐杖，南条冷不丁踉跄了一下。铃子抢先一步扶住他，将他的右手臂搭在自己肩膀上。

"把我当成你的腿就好了。不要用木腿，用人的腿行走吧。不是可以走吗？你看看，不是可以走吗？"她边说边耐心地引导着南条走了一圈。

"老师把你当成他自己的孩子，哪有父亲会嫌弃自己残疾的孩子呢？"

"谢谢。我也想用有温度的腿走路。"

南条说着，慢慢地挣脱铃子，捡起了拐杖。

"代我向老师问好，我就不见他了。"

"我不让你走！"

铃子追上去拽住他，南条倚靠在钢琴上，用拐杖端部朝着后面的西洋鼓狠狠地敲击了两三下。

铃子被那声音震慑住了，不由得松开了双手。

"我是为了提醒你睁开理性的双眼。"南条说道。

他所说的"你"，究竟是指自己，还是指铃子？还没等铃子反应过来，他已经冲到了门外。

"你去哪儿？下着雨呢！你现在住哪里啊？"

铃子追了出去，意外地发现一辆汽车在外面等着南条，已经发动开走了。

她神情恍惚地回到练功房。

好像忽然想起来什么，大喊一声"铃子！"朝着洋鼓用力地敲了下去。

"铃子！"再次敲了下去。

接着她扔掉了鼓槌，迅速地脱掉衣服，走进浴室，开始洗竹内的练功服。

浴室里贴着白色瓷砖，显得异常洁净。

洗完一件之后，她伸了伸懒腰，若有所思地站起来，将自己泡进了浴缸。她感觉身体被一股暖流包裹着，扑哧一声笑了，又猛地掬一捧水洒到自己脸上。然后出神地凝视着自己的胸部和手臂。

电话铃突然响了起来。

铃子一惊，不禁缩成了一团，然后四下环视了一番。

凌厉的电话铃声划破了房间里的宁静，一直响个不停。铃子顾不上擦干身体，只披上后台穿的便服便赶紧接电话去了。

不知为何她感到心跳加快，嗓子眼儿也堵得慌。

"喂喂，这里是竹内舞蹈研究所。"

"喂，铃子，就你一个人在吗？"

"星枝？是星枝吗？"

铃子长吁一口气："不好意思，我正在洗澡呢。"

"嗯，下着雨呢。"

"是洗澡，我正在洗澡呢。喂，喂，你在家里吗？在家打的电话吧?上次在横滨见面以后你就再也没出现过,这可不行哦!你在干吗呢?"

"今天?"

"嗯。"

"我在用望远镜眺望港口呢。"

"真是的!你一直不来,我很担心你呢。"

"筑波号今天启程了。"

"筑波号?是嘛。"

"那个……叫南条的……很奇怪哦。"

"嗯,他刚才来了。我正想告诉你呢。他很可怜,脚跛了。跛了你懂吗?就是瘸子呀!再也不能跳舞了。他说当时就躲在舱房里。"

"是的。"

"他不想让任何人看见,也是可以理解的。他今天来找老师道歉,老师不在。让我跟老师说'南条没有自杀,回国了,这已经是不幸中的万幸了'。他是来告别的。"

"他当时拄着拐杖吗?"

"嗯。我吓了一跳。傍晚时分,他像个幽灵一样闪进来,站在昏暗的练功房里。"

"然后怎么样了呢?"

"怎么样了?你说南条吗?我当时想,如果他那条腿不能跳舞了的话,今后可如何是好?"

"铃子你又哭了吧?"

"他当时心情很晦暗,听不进去我说的话,好像已经对活着感到"

很厌倦了。"

"他装的。"

"装的？可他说是来告别的。我想即使是老师，也不能见死不救吧？"

"所以我说他装样子呀。那拐杖是用来掩人耳目的。"

"诶？不是啊。你没好好听我说吗？你那边是不是播着唱片呢？"

"嗯。"

"南条是挂着拐杖来的呀。"

"我知道，我看见了。"

"诶？你看见他了？他刚刚回去呢。哎呀，那个，你说看见他了，是指的你本人看见了吗？"

"是的，所以我才打电话给你的。"

"你看见……看见南条了？在哪里看见的？真的吗？你跟我详细说说。"

"我想跟你说来着，可你嘴巴就没停过，我插不上话呀！我当时一直等到他从舱房里出来。"

"等到他出来？那时，他没有挂拐杖？"

"挂了。"

"你的意思是，那是装样子的？为什么这么说？"

"没有为什么。"

"你说清楚呀。我不相信。你怎么知道那是假的呢？"

"只是直觉。"

"为什么会有这样的直觉？这说不通啊。他为什么要拄个拐杖装样子给大家看呢？"

"我不知道。可能是因为和一个女人一起回来的吧。"

"女人？"

"喂喂！铃子，你见到南条的时候，他真的是跛的吗？"

"嗯。"

"那也许是真的吧。也许是我的错觉。"

"那个，我现在去你家可以吗？我会晚一点儿，就住你那里了。"

"好。"

"还有老师拜托的事情，也要和你商量。"

"铃子你是怎么想的？要和南条结婚？还是算了？"

"哎呀，没有这回事啦！"

"可是，跛腿舞蹈家没啥用了吧？比起结婚，跳舞对你来说更重要吧？我担心你见了南条，被他的拐杖把戏蒙骗了，想着两个人不能一起跳舞了，会很难过。所以才打电话给你的。"

"我不是很理解你说的话。那个，等一下，是你一个人等到南条从舱房里出来吗？"

"嗯。"

"你为什么要那么做？这不是很奇怪吗？"

"嗯。南条也问我为什么要跟踪他，我说我疯了。他和那个女人一起进了辻堂那边的森田家。"

"森田……森田……辻堂？你和他一起去了辻堂的家？"

"不是一起，只是跟踪。"

"辻堂？跟踪到辻堂？"

"喂！喂！怎么回事？你马上过来的吧。我派人去车站接你。"

"嗯，那个，今晚还是算了。另外，本来已经谈妥了一项巡演的合同，都被南条的事情打乱了。老师蛮可怜的，浴衣宣传巡演的事还请你多帮帮他。我们两个一起去。现在连我正在用的这个电话都已经抵押给别人了。"

"什么浴衣宣传？好烦哪。"

"不去的话老师会很为难的。"

铃子咔嗒一声挂掉了电话。

从林子里断断续续地传来了四声枪响。

最后一声过后，传来了男女的欢笑声。

然而，只有星枝一个人拨开绿色的枝丫，来到院子里。

院子被树林环抱着，很自然地融为一体，其中一面临着小径。

小径对面是一片桑树林，透过桑叶的间隙可以俯瞰到下面的山谷。小溪旁边有一小块水田，泛着冷冷的白光。知了像忽然想起了什么似的厉声鸣叫着。

这里有一处温泉浴场。无论冬天滑雪或夏天登山，都很适合在此歇脚。眼前的别墅也与周围环境十分契合。虽说风格简约，但比附近旅馆的地势更高，且更幽深，可谓独辟蹊径的一处所在。

星枝正在狩猎的兴头上，她喘着粗气，一把拨开丛林冲了出来，那眼神像要将树上的野生果子一口咬下来似的，气势十足。她穿着合身的轻便散步服，有时候动作幅度不免太大了。兴奋过头时反而显得不太合身，看上去挺危险的。

她一边跑一边将鞋子甩得远远的，连续大幅跳跃了两三次，紧接着又做了几个快速旋转的动作，然后重重地摔倒在地上。

院子似乎无人打理，杂草一直蔓延到树林里。星枝的白色身影躺在一片葱绿之中，静悄悄地，一动也不动。

星枝用一只胳膊肘支撑住身体，抬起头来。夕阳从正对面洒照在她的脸上。淡淡的云逆着日光飘远了。她凝望着眼前日薄西山的景象，脸上浮现出一种渴望的神情，泪水在眼眶里打着转。

她情不自禁地在原地舒展着舞姿，站了起来，开始翩翩起舞。

其实更像是一种即兴创作，只是将舞蹈的基本动作随兴所至地组合在了一起。

跳着跳着，来到了刚才凉鞋掉落的地方，她刚要弯腰去捡，忽然看见一个人影正闪躲进前方小径的树荫背后。

星枝连忙跑上去，只见一个瘸子正拄着拐杖慌慌张张地走下山坡。她没有停下脚步，只是稍微放慢了一些，从后面追上了他。今天松木拐杖换成了白桦木拐杖。

南条回过头笑笑说："又跟踪我？"

"嗯。"星枝面无表情地瞪了他一下，懒得正眼瞧他，眼睛里还燃烧着刚才那股子野蛮劲儿。

然而南条却满怀感动。

"和竹内老师一模一样啊。"

"真是太无礼了。"

"哦,可能是我措辞不当。我只是很怀念那个时候。竹内老师的舞蹈,是我少年时代全部的希望和憧憬,我这是夸你呢。虽然说和老师一样有些不妥,但是连我也必须承认,你的确很有天分。"

"我是说你偷看我很无礼!"

"那个是我不对。但是,把藏在船上的人追到辻堂,又追到这山里来。到底是谁无礼呢?"

"装瘸子的人无礼。"

"装瘸子?"南条吃惊地望着星枝,笑了一声,在路边坐了下来。

"那根松木拐杖呢?"星枝冷淡的质问里并没有嘲讽的意味。

"我已经放弃跳舞了,也厌倦了,但你却非要来追我。"

"我没有追你啊。"

"那是舞蹈在追我吧。它还没有放弃我。对我而言,你就像是舞蹈之神派来的天使!"

星枝靠在路边,将拎在手上的鞋子穿好。

"舞蹈也好,神也好,我都不稀罕。反正我知道了松木拐杖是装样子的,这就够了。"她简慢地丢下一句话就要离去。

南条赶紧起身跟上来,腿仍然是一瘸一拐的。

"在辻堂的时候,你说就是想羞辱我一下,是指的这个吗?我在研究所看到照片时就知道是你了。你来横滨接我了吧?那时,我的确是太怯懦了。但现在,我被你的舞蹈感动了,可以告诉你我为什么躲在船里了。请你不要逃避我。"

"是你一直躲躲藏藏吧?"

"是的,我是想从舞蹈中逃离出去。"

"先不说舞蹈。听说在那以后,铃子去了你辻堂的家寻你,却吃了闭门羹?原来是躲到这深山里来了!"

"躲?因为这里的温泉很有名,可以疗愈我的神经痛和风湿病。多亏来了这儿,我的腿已经利索多了。"

星枝不由得回头看了看南条的腿,温柔的目光中透着一丝怀疑。脸色又倏忽变得更加阴沉,她紧咬着嘴唇,气呼呼地加快了脚步。

"刚才那一枪是你打的吗?"

"是我父亲。"

"啊,这么说来我刚才遇见的是您父亲啊?那时我正在边走边专注地思考,被那枪声吓了一跳,然后就看见你在跳舞。看到你的一刹那,我仿佛一下子惊醒了。体内已经腐烂的舞蹈的灵魂仿佛瞬间复活了。"

星枝忽然问了一句:"能治好吗?"

"你是说我的腿吗?当然能治好。但不确定是否可以恢复到能跳舞的程度。"

"不像话!你回去吧!"星枝喊道。

南条一下子闭上了眼睛,额头微微颤动着。

两人不知不觉又来到刚才的院子里。

"可以再跳一次给我看看吗?"

"不行。"

南条的目光从院子转向树林上空,幽幽地说道:"在这样美好的大自然中,像鸟儿唱歌、蝴蝶飞舞那样随心而舞,才可以称为真正的舞蹈啊。舞台上的舞蹈只是一种堕落。我刚才在那边看着你时，控制不住想要和你共舞的冲动，内心完全无法平静。身体就要不由自主地舞动起来了，就像墓地里的死人站起来开始跳舞了一样。"

星枝不由得后退了一步。

"可是，从舞蹈的角度来讲，我和死人也没什么两样了。我做梦也没想到自己还能像现在这样重燃跳舞的激情。可以再跳一次给我看吗？"

"不行，恶心！"

"给我看一个动作也不行吗？"

"我说了不行！"

"那我试着模仿你跳跳看吧。"

"请便。"星枝漫不经心地说了一句，惊讶又担心地盯着南条。

"我跳的是瘸子舞哦。"南条"扑哧"笑出了声。

随后，脸上闪过一丝不易察觉的表情。夸张点儿说，那是善与恶、正与邪交互闪现的魅影。

他不知该如何处理右手上的拐杖，只是将左臂向上伸直，跛着脚跳了起来。

单臂舞姿看起来有些诡异，又美得令人不寒而栗。

然而，还没跳够十五步就戛然而止了。他在院子的草地上坐了下来，问道："像妖怪、魔鬼在跳舞吧？"

星枝站在院子边上的白桦树荫下，依然一副冷漠的表情，什么话也没说。

"和你的舞姿相比，简直是天壤之别呀。光是这个我就够受打击的了。现在你看了我跳舞,应该明白我为什么想再欣赏一遍你的舞姿了吧?"

"真是的!你认真跳了吗?"星枝自言自语地嘟哝着。

"认真?我现在真的站在人生的十字路口,身处生死存亡的危急关头啊。从孩提时代,我的生命就被舞蹈填满了。许是有因必有果,现在我看不到舞蹈就无法体会到人类的美好和人生的价值,无法豁然开朗。

"我讨厌看人们认真的面孔,自己也不愿意认真地做一件事情。即使在舞台上表演时,只要我看到认真观赏的观众,就立刻觉得索然无味了。如果要认真的话,我就想自己一个人认真地过。"

"你也是个可怜的疯子。"

"是的。我一开始就是这么说的,那天,在辻堂的时候。"

"我特别喜欢疯子。那时我是这么说的吧?舞蹈也许就是这样,需要把满是尘埃的灵魂用约定俗成的更加肮脏的肢体语言去呈现出来,而且要给人以非常纯洁的艺术享受。这恐怕只有疯子才能做到。"

"我已经不跳舞了。"

"不跳了?为……为什么?"南条诧异地盯着星枝,"为什么不跳了?可以告诉我真实原因吗?"

"跳舞总让我觉得快不认识自己了,那种感觉好可怕。一跳舞我就会不知不觉地认真起来,之后又感到很落寞。"

"这就是艺术家、天才的悲哀之处啊。"

"瞎说。我并不想追求什么,也不对艺术心怀感激,只想一个人好好生活。"

"那是因为你太美了，你的身体语言也太美了，所以才会说出这样的话。"

"我就想平平凡凡的，没有比这更加自由的了。"

"你会结婚吗？"

星枝没有回答。

"刚才还看到你跳得那么行云流水，朝气蓬勃，没想到却如此心累。真是不可思议啊！"

"你太没礼貌了吧。我哪里心累了？"

"你受伤了，真的受伤了。"

"我没有。是因为你戴着因果性的艺术有色眼镜而已。我只是因为讨厌才不跳的。不跳舞就是我没有心累也没有受伤的证据。"

"你刚才跳舞的样子告诉我不是这样的。"

"刚才？那是游戏罢了。只是像小孩子一样蹦蹦跳跳地游戏而已。"

"在我看来，那正是舞蹈，是生命的美丽跃动。"

"那是因为你假装瘸子。"

"所以我才三番两次地求你再给我欣赏下你的游戏啊。求神拜佛之后，瘫子也能站起来的奇迹有很多啊。"

"我讨厌奇迹。"

"如果可以借助你又蹦又跳的势头甩走这根拐杖就好了，我也就可以靠这股力量站起来了。"

"凭借自己的力量快点儿站起来不是更好吗？如果说我的游戏有

治愈瘫子的魔力,那你的舞蹈治愈自己的跛脚也不在话下啊!"

"是吗?"南条的眼睛里闪烁着敌意。随即像下定了决心似的说道,"你说得对,我试试吧。"

"随你便了。"

"如此残酷的观众似乎对我有帮助哪。"他拄着右手的拐杖,拖着跛脚,又一次跳了起来。

然而,这次和刚才跳得不一样了。因为心存怨气,他的肢体显得有些僵硬。

"我这辈子都不打算再跳舞了。"

"为什么?"

"因为我热爱舞蹈,的的确确对舞蹈略通一二。"南条一边断断续续地说着,一边跳得越发激昂起来。

那舞姿看上去仿佛沉积多年的污物在翻滚升腾,即刻要喷薄出火焰似的。

星枝被他的舞姿深深地吸引住了,双眸像星星般熠熠生辉。

她的眼神从讨厌丑陋事物变为恐惧危险事物,越来越不安和害怕,左手不由得抓紧了头顶上的白桦树枝。

南条依然拖着一只跛脚舞着,但手脚已变得自由奔放、轻盈飘逸。

他的动作越有力,速度越快,在空中流转出的弧线就越发美妙绝伦。

星枝的手越握越紧,不知不觉竟将树枝拉到了胸口。

白桦树的枝丫弯成了弓形,似乎即刻就会折断。

"星枝小姐，游戏……你教给我的游戏，太令人振奋了！"

"你跳得很好。"

南条停下来，蓦然望了一眼星枝。一边继续舞动着，一边靠近她说："不要只顾着欣赏游戏，也和我一起玩游戏吧！来一起跳吧！"

星枝下意识地猛然缩了一下身体，似乎很戒备。

南条又兀自跳开去了。

"我可以跳。我也可以跳了！舞蹈让我又活过来了！"

那舞姿像原始人、野蛮人，又像某种蜘蛛或鸟类正在努力地吸引雌性。

星枝看着眼前的情景，仿佛听见舞蹈的伴奏声越来越近，越来越高亢。

南条转过身来，说道："俗话说'随者唱喁'，过来和我一起跳吧！"

"你还在装瘸子。就不能扔掉那个装腔作势的拐杖吗？"星枝的声音温柔中带着一丝颤抖。

南条一下子跳到她跟前，拉住她的右手催促道："可以啊，除非我有一个活拐杖。"

她这么冷不防地被南条用力一拽，连手里的白桦枝也忘记松开了。

白桦枝从树干上断裂下来。

星枝失去了支撑，结结实实地撞在南条的胸口上。

"讨厌！讨厌啊！"

她假装要用那根树枝打南条的样子，但却并没有举起长长的树枝。

南条还是因势踉跄了一下。

幸好用拐杖支撑在地上才站稳了。

他用尽全力将拐杖抛出去,边抛边喊:"明明有温暖的活拐杖,谁还用这玩意儿?!"

随后又邀请星枝一起跳舞。

星枝的眼神正呆呆地追随着被抛出去的拐杖,受到南条的邀请,突然娇羞起来,和平时判若两人。

但她并未察觉到自己的娇羞,随即,两颊飞上了两朵红云。

南条牵起她的手,带着她缓缓起舞。

星枝欲拒还迎,慢慢地和着他的节奏跳了起来。不一会儿,两人的身体便合二为一,化作一股热情的暖流。南条加快了舞步,兴奋地叫道:"我站起来了。快看!我的脚可以直立起来了!就像这样!"但他并未放开星枝的手,像火焰旋涡般围绕着星枝跳了几个回合之后,他猛然将星枝托举起来,迅速跑进了树林深处。他小心地抱着星枝,脚也不跛了。这一系列动作看上去也像跳舞般自然。

暮色将至,一群小鸟像被风儿追赶着似的飞过庭院。

兴致正浓时,两人甩掉了鞋子,南条更是将外套扔在草地上。起风了,长长的树影洒在鞋子和外套上,影影绰绰地晃动着。

一匹小马沿着山路走下来。主人骑在母马上,小马没拴绳子,跟在母马后面笃笃地走着,煞是温驯可爱。应该是去马市的吧。

三四名村夫从旁边经过,各自身上背着一捆细细的翠竹。

旁边的小山被建造成天然游乐场的样子,男女小学生们在山上游玩。听他们合唱童谣的声音，有近百人吧。

　　山脚下有条汇入山谷的小溪，南条一直坐在河岸上，一会儿心神不宁地回头张望山路，一会儿凝视着涌动在近处山脉之间的夏云。

　　星枝和父亲一起下了山。

　　父亲抬头看看传来童谣声的那座小山，说道："孩子们已经来了呀。"

　　南条看到星枝和父亲一起走过来，连忙躲进斑驳的树荫下。

　　炽烈的阳光令人不安，星枝心神不宁地左右顾盼着。幸亏她眼尖发现了南条，于是下意识地想快点儿走过去。

　　父亲正望着溪谷对面的小山，所以没有发现这些蛛丝马迹。

　　"都是东京来的病弱儿童，借胜见家的房子住在这里的。连胜见的蚕种养殖场也成了他们的住处，真是遗憾哪！"

　　星枝心不在焉地听着。

　　"但总比让偌大的仓库里结满蜘蛛网要强吧！这也符合胜见的行事风格，不见得是坏事。虽然不养殖蚕种了，但帮助人类的孩子健康成长也是胜见经常挂在嘴上的，为社会服务、为国效劳的一种方式嘛，而且是无偿出借的。他的葬礼也是如此。记得我和你说过，他是蚕种界第一人，还获得过两万日元的政府奖金呢。不仅在地方，甚至在中央蚕丝协会中也有着举足轻重的地位。但他的葬礼办得实在是太寒酸了。虽说平时喜欢标榜自己是荒郊野岭的闲云野鹤，但简陋也要有个度呀。毕竟有那么多蚕丝界的名人会聚于他的葬礼。作为他的朋友我都觉得很没面子。但据说这是他在遗嘱中交代的，他将节省下来的丧葬费都捐献给村里了，做什么事情都是这种风格。"

"是吗？"

"最近好像有不少病弱儿童啊。"

"嗯。"

"以前有个学生每年都来拜访胜见，是蚕丝专科学校的学生，来实习的。为研究蚕种而环游世界的怪人恐怕只有胜见了。因为他颇具声望，所以大家一直想推举他去竞选县议会议员甚至众议院议员。可他一直说养蚕太忙了，没空，还是研究蚕种对国家更有用。他一辈子都和蚕生活在一起，再没有比他更令人钦佩的男人了。他完全是出于热爱，而非贪欲。"

两人绕过小山的山脚，首先映入眼帘的就是胜见家白色墙壁的蚕种养殖场。

那是一栋位于河边的仓库风格的两层建筑，建造于用漂亮石头堆砌成的崖壁上，令人联想到城堡。两排敞开的窗户像在白色墙壁上划了一刀似的，貌似还安装着糊纸拉窗。

从仓库尽头拐一个九十度弯，可以看到一处古色古香的生活用平房。相比之下，还是仓库气派得多。

"那里面存放着许多标本和研究书籍，现在几乎都用不着，真是暴殄天物。我打算建议一下，捐献给专科学校或蚕丝会馆。"

"他们为何关了蚕种养殖场呢？"

"大概是因为胜见去世了吧。他儿子又是那个样子。即便是小小的蚕种，要想继承胜见的事业，维护好信誉，也不是那么容易的事情啊。需要不断地开展新的研究，而且不能在改良竞争中落伍。与其培育出有损胜见名誉的品种，还不如釜底抽薪，关掉场子。这样对弱势的小蚕种商也是一种帮助。胜见的太太可能就是这么想的吧。"

"如果可以帮到小蚕种商,也是一桩好事。"

"傻瓜。培育出优良品种,使蚕种得到改良才是最重要的。你如果也像那些病弱儿童一样,净说些狭隘的话,还不如去练习打枪呢!"

"打枪?"

星枝咕哝了一句,那声音小得好像回忆起了一场噩梦。

"嗯,打枪。昨天打中了,真过瘾!在这样的天空下,在山里的空气中,连枪声都是不一样的。今年冬天我带你去打猎吧!"父亲踌躇满志地抬起头,仰望着晴朗的天空。

"而且,一个女人应该也不喜欢管理那么多人,劳心劳力的吧。反正她也有财产。虽然大概知道她有多少现金,股份可能也归地方所有了,但她家的树林可是要多少有多少的。"

"我回去就开始练习打枪吧。"

"不要对你母亲说哦。这个仓库或许还能起死回生的。以前在这里工作的一位技术人员来找我商量,说很想重新振兴胜见的蚕种。虽说是技术人员,但他是胜见的工作助理,在这一领域非常优秀,不愧是胜见的徒弟,非常热衷于研究,只是不善于自己经营养殖场。"

"所以父亲您打算出手相助吗?"

"也不是什么大生意,我去劝说一下胜见太太,看看是不是成立一个小公司什么的,先把经营框架搭建起来。"

"和那件事有关吗?"

"那件事?你的婚事吗?别说傻话了。如此胡乱猜疑,不是病弱儿童是什么？就因为胜见的儿子迷恋你吗？那孩子真可怜。但也不算傻吧。"

两人来到胜见家门前。

庭院很宽敞，就连院子里的古树都散发着浓浓的年代感，像这血统纯正的富贵之家一般庄严、静谧。

远观并不华丽，但走到门口凑近了看，却发现住宅古典雅致，颇具品位，幽深岑寂之中透着高贵和温润。

仓库的白墙上，胜见蚕种养殖场的大看板依然如故。

父亲停了下来。

"顺便进去看看这老房子吧。只要能赶上下一班公交车，在傍晚前赶到那里就行。"

星枝轻轻摇了摇头，望着父亲说："那件事，希望您能拒绝掉。"

"哦。"父亲凝视了星枝一眼，若有所思地跨进了胜见家的大门。

星枝下意识地瞟了眼仓库，匆忙离开了。

下了坡便是温泉浴场。

一直躲躲藏藏地跟在后面的南条见只剩下星枝一人，便急忙飞奔出来。他今天挂了拐杖，所以健步如飞。

奔至温泉大澡堂前，南条高声喊道："星枝！等一下！星枝！"

那是村里的公用澡堂，是一座寺院风格的建筑。为了方便释放热气，屋顶上设置了格子窗，窗上还有一个小屋顶。

在附近树荫下玩耍的孩子们听到南条的喊声，齐刷刷地回头向这边张望。

星枝被他吓得呆立在原地,无可奈何地闭上眼睛又睁开,冷冰冰地问:"又拄上拐杖了?"

"你不知道我一直在后面追吗?"

南条喘着粗气,一字一顿地说。

"我知道。"

"我在报纸上看到竹内老师来这里了,心想你肯定也会去城里,所以从上午开始,就一直在游乐场的小山下面等你经过。我差一点儿就要冲出来拜见您父亲,向他表明我的心迹。但又觉得这样太唐突了,而且我也想确认下你内心的真实想法。"

"你想对我父亲说什么?"

"说什么?那个,在那之前我必须得先请星枝小姐充分了解一下我这个人。还有这根拐杖。你从一开始就说这是装样子,非常憎恨和鄙视它对吧?可是,让我扔掉这根拐杖,靠自己的双脚再次站立起来的,正是你啊!我从内心无比感谢这根爱的魔法拐杖啊!"

"这是恶魔的拐杖。"

"这根拐杖是法国产的,它陪伴我从法国到美国,有感情了。现在有了温暖的'拐杖',我终于可以和它说拜拜了。如果不是昨天欣赏了你的舞蹈,我估计要和这根拐杖纠缠一生的。"

"那是神话。"

"神话?"

"嗯,希腊神话之舞。"

"哦,对啊。实际上是希腊姑娘的舞蹈。我已经在舞蹈中重生了。就像邓肯重塑希腊舞蹈精神，使其焕然新生一样！"

"我不是神话中的姑娘。那种舞蹈是神话，而我，你就把我当成一个可怜的疯子好了。"

"什么？你是想说我魔怔了吗？或者想说我们两个身份悬殊？我爱你，是骄傲自大、白日做梦？"

"那只是舞蹈。我昨天也说了，不跳舞了，太可怕了。那是舞蹈吗？我现在真的觉醒了，沉下心来。我只想平平凡凡的，这辈子再也不跳舞了。希望你能原谅。"

"你这是懦弱！"

"你不是也一样吗？今天不也挂了拐杖吗？"

星枝说完，逃也似的钻进一家车行。但她注意到南条的神情，觉得他一定会跟上来，便又沉下脸从后门偷偷溜走了。

南条对星枝的行为并不介意，继续纠缠上来。

两人来到铺满白色石子的河滩上。附近的温泉旅馆有的朝这边开着窗户，有的将庭院的门朝这边敞开着。

沿河两岸的小山包层叠绵延，星枝远眺着河流下游，猛然发现自己背上冒出了冷汗。

"你总是盯住拐杖不放，可我想说的是，我之所以能一下子丢掉从法国时期就一直依赖着的拐杖，并且可以那样跳舞，是为什么？当奇迹出现的那一瞬间……"

"我讨厌奇迹。"

"你那是怯懦！所谓奇迹，绝不是鬼神的妖术，而是生命之火的肆意燃烧！我只要一跳起舞，立刻就能变成这样。被命运如此眷顾，我简直不胜感激!"

"可我还是讨厌。"

"你还和昨天一样,惧怕自己的天分。"

"是的。我也没理由和昨天不一样啊。"

南条诧异地看了星枝一眼,说道:"这种谎话简直不值一文,只要投入地跳上一曲,你又会做梦般地将它忘到九霄云外去了。"

"我哪里说谎话了?"

"你当然说了。除了舞蹈都是说谎。你就是那样的人。有什么理由嘲笑我的拐杖?你偏要用这根拐杖给自己的大好青春装上枷锁,用绷带将心灵捆住,还要故意逞强,这才是真正的装模作样!我不在国内这段时间,日本的女孩子都变成这样了吗?"

"对。我就是这么想的。你喋喋不休地说了那么多,可你在国外待得太久了,和我完全没有共同语言。"

"是吗?我们两个想说的话,在昨天的舞蹈中已经完美交流过了。舞蹈家只能通过跳舞对话,语言都是多余的。我们两人都说不跳舞了,但实际上离开舞蹈还是无法生存。你不觉得这是个强有力的证据吗?"

"那是神话。不用负责任,一切都是虚幻的。"

"我知道你想说明明不爱我。可是,你竟如此不愿意爱一个人吗?"

"你误会了。"

"我说得更直白些吧。无论如何我都应该先道歉。光顾着高兴了,连做梦也想不到又被推入深渊。真是不可思议。其实是你误会我了。首先就说这根拐杖吧。令尊是做生丝贸易的,而且家住横滨,如果你对汇率也有一定了解的话,应该会对我使用这样的拐杖表示同情的。由此你应该可以想象到,这五年间,我在国外过的是怎样凄惨的生活。当我打着'新晋归国艺术家'的华丽招牌站在舞台上时,一定会有人嘲笑说:'瞧那个乞丐,那个给日本人丢脸的家伙……'在国外时,我只不过是个惹人嫌恶的日本人,这根拐杖对于我假扮成一个乞丐倒是很有帮助。"

南条用拐杖敲了敲地板,继续说道:"但这绝不是装样子。因为我患了严重的风湿病。糟糕的饮食导致我的身体很虚弱,房间也又湿又冷,暖和不起来。说起来只是神经痛、风湿病,但严重时膝盖嘎嘎作响,甚至痛得跪倒在地上,感觉骨头都要断了。虽然最终依靠拐杖能走路了,但一想到再也不能跳舞了,我就身心疲惫,万念俱灰。如果被大使馆遣送回国,该是多么羞耻的事情啊。但我没办法,只能干等着。去看过医生,但这也不是立刻能治好的病,西方国家的温泉又贵得惊人,所以只好买了麻醉剂自己注射,缓解疼痛。因为药物中毒影响了脑袋,灵魂也堕落了。这就是我的留学生涯。在昨天见到你跳舞之前,我就是一具行尸走肉!"

河边的小路不知不觉间已变成了坡道,走上去就到了大街。时值炎夏,路边的小花散发出浓烈的气味,粉蝶挥动着翅膀在花丛中飞来飞去,在刺眼的阳光下令人目眩。

南条停下来擦了擦汗。

"我想你可以理解我那时躲在舱房里的心情。其实那个时候,也不是说没有拐杖就完全走不了路,只是觉得拄拐杖是我作为一个废人踏上祖国国土的一种标志。我不是不想见竹内老师,而是不想面对在码头上被欢迎的热闹情景。我只想悄悄地隐姓埋名活下去。原本我对日本人能跳好西洋舞蹈也没有自信,甚至存在一些疑虑。"

"既然处境如此艰难,又为何绕道美国回来呢?"

"啊?是因为那位夫人。她是我的恩人。有了她的帮助我才回到日本的。"

这时,巴士到了。南条不得已停止了诉说。

星枝立即招手示意巴士停下,然后冷冷地瞥了南条一眼,仿佛在拒绝他说:"就此别过吧。"然后转身上了巴士。

南条自然紧跟了上来。

星枝的脸一下子涨得通红,不知为何竟一直红到脖颈。她羞愧得不知该如何是好,只好忐忑不安地低下头去。

"请停一下!"她突然大叫一声,不顾一切地跳下巴士。

这一切发生得太过迅速,南条根本来不及站起来。

星枝呆立在原地,仍保持着着地时的姿势,满头大汗而不自知。她一边望着巴士绝尘而去,一边强忍住胸中的悸动。直到巴士消失在山后,她才感觉到腿部一阵钻心的麻木,一下子倒在路边的草丛里。旋即抽抽搭搭地哭了起来。

郊外的青草散发着热气,路上空无一人。

铃子刚下舞台,仍沉浸在舞蹈的余韵中。她脚步轻快地回到后台,意外发现星枝呆坐在化妆台前,一时间高兴得像在做梦一样。

"啊!星枝你怎么了?见到你我好开心呀!"

她从后面抓住星枝的肩膀,在她身后坐下来,并用双腿膝盖夹住她。

铃子今天是一个在魔法森林中吹笛的少年形象,装扮十分可爱。

这少年叉开腿,像姐姐一样摇晃着星枝说:"这么远,你是特意来找我的吗?好想念你啊!我吓了一跳呢。讨厌!你倒是一副若无其事的样子。"

星枝一下子闭上了眼睛。

铃子感到一丝不安,连忙问道:"你怎么了?对不起。你来这里是有什么话想对我讲吗?"

"不,我听到你的声音心情就好了。"

"呀,讨厌,你这个小坏蛋!不过话说回来,真的好久没见了呢。老师肯定也会很惊喜的。你连信也不回,还在用望远镜眺望海港吗?"

"我给你打电话了,但是打不通。"

"电话?哦,已经没了。"

"电话没了?"

"这个以后再说吧。"

星枝睁开眼睛,一边环视着房间一边说:"后台好脏啊。"

"说什么呢?会被人听见的。乡下地方,这样已经很不错啦!后台倒无所谓,最要命的是舞台条件很差。公共礼堂啊学校的舞台啊都不适合跳舞,灯光也不符合要求。所以有一定的遗憾。但老师也来和我们并肩战斗了,我们完全没有埋怨、敷衍。没有一次因此而士气低落过。你瞧瞧我的衣服是不是有汗臭味儿了?我们已经出来二十天了。老师真可怜啊。因为你说讨厌为浴衣做宣传的这种活动,老师无可奈何,只好亲自上阵了。"

"是吗?"

"现在正是梅雨季节,一天比一天热。"

"好闷啊。"

"只要跳舞就不闷了。"

铃子放开星枝,站起身来。

"你就跟老师说,家里不允许你出远门。你是千金大小姐嘛,家里不允许你出来巡演,老师也可以理解的。"

这时,从舞台上传来钢琴的声音。

玲子看了一眼星枝,示意这是竹内老师的节目,然后麻利地收拾好下一个舞蹈要用的演出服,摆放好。应该是竹内和铃子的双人舞。

"这衣服很让人怀念吧?"

"嗯。"

"星枝你脸色不好啊。是不是坐火车累了?你只是因为想见我们,特意过来玩的吗?我刚才光顾着高兴了,你不介意吧?"

"前几天就和父亲一起过来了。"

"哦?现在就开始避暑了吗?"

"好像是生意上的事。"

"对哦,这里是蚕乡呢。你这么说我就放心了。我说呢,能到这种地方来找我,不像是星枝的风格呀!"

铃子一边笑着,一边回到化妆台前。

"可以稍微让一下吗?我要化妆了哦。"

"嗯。"

星枝点点头。她看到镜子里映出铃子的脸,就要和自己的脸贴到一起去了,不禁心虚地哆嗦了一下。

铃子讶异地问:"怎么了?是不是突然不跳舞了,身体不适应了?看着怪怪的呢。"

"没有。因为和你化着舞台妆的脸贴在一起了,这化着妆的脸让我感觉好像没有见到你真人一样,所以不开心啊。"

"是吗?"

"给我也化化妆吧。"

"真拿你没办法。我可忙着呢。"说着,铃子匆匆忙忙地抹上粉,涂好了口红。

星枝像个人偶一样,一动不动地闭着双眼。

"天热,大致化一下就好了。"

铃子转过头看看星枝的侧脸说:"你这张脸也真是绝了,淡妆浓抹总相宜啊。对了,还记得吗?跳《花之圆舞曲》时,你还固执地说'我生就一张落寞的脸'呢!"

"我忘了。"

"真健忘哪!"

铃子说着,正准备给星枝画眉,却见一滴热泪从星枝的脸颊上滚落下来。

"呀!"铃子不由得停了下来,强忍住惊讶,故作轻松地微笑着帮星枝拭去泪滴。

"这是什么呀?送给我吧。"

星枝仍然如一副美丽的面具般紧闭着双眼。

"铃子，你爱南条君吗？"

"嗯，我爱他。"铃子爽快地回答，"怎么了？"

"完全不假思索啊！"

"是的。"

"真的吗？"

"也许是因为从小就一直喜欢他吧，但有时我也怀疑自己是否真的那么纯情。我觉得所谓爱情就是一种信念。无论南条是坏人还是残疾人都没有关系。我想把他在国外学到的东西全部偷师回来，把他会的一切都掌握住，变成自己的。这虽然有点儿像失恋者的复仇，但如果爱他，就需要这样的信念。我无论如何都要和南条一起跳舞！能够如愿以偿地和喜欢的人一起跳舞，就算死了我也甘心！"

铃子一边信誓旦旦地说着，一边将星枝从化妆台前推开，匆忙地化着下一个舞蹈的妆容。

"我想过很多，乍一听上去，这样的爱情好像很功利，但其实并非如此。这是爱的信念。感情根本靠不住的。如今的世道就是这个样子啦。越是有才能的人，感情越脆弱。具体到恋爱来说，如果一根筋地下定决心，即使失败也不至于落得悲惨的下场，一定可以拨云见日，重新振作起来的。我不喜欢后悔，活着就要不留遗憾。"

星枝只是听着。

"为了学习舞蹈，哪怕把自己卖了也没关系。我不想自己的人生中只有阴冷、穷酸的回忆。直到今天，我都没有过过什么像样的日子。"

"舞蹈究竟哪里有那么好？"

星枝的问题有些孩子气。

"哪里好？那是我这样的人生存的目的。"

"那些都是虚幻的假象。"

"那什么才是真实？对你来说，什么才是真实？"

"你可以少说两句吗？吵死了！"星枝满不在乎地发难道。

铃子不由得怒上心头，瞪了她一眼，仿佛从自己的梦中惊醒般反问道："还不都是因为你问我是不是爱南条君吗？"说完自己倒笑起来，可那笑容随即便僵住了。

"奇怪，为什么突然说起这些呢？"然后像要对星枝进行侦查似的打量着她。

星枝感觉到了她的视线，马上顶撞回去。

"南条君，他不是瘸子。"

"什么？"

"他还能跳舞。"

"你和他见面了？是不是有什么隐情？是不是？那我明白了。"

"什么也没有啊。"

"你不用隐瞒。听你这么一说，我好像很早以前就明白了。"铃子静静地说。

此时，竹内走了进来。

"啊？你怎么来这种地方了。好久不见啊。"

说着在化妆台前面坐下来，一边皱着眉头脱衣服，一边说："好热啊！"

铃子拧好毛巾，手微微颤抖着，帮竹内擦拭着身体。

"老师。"

"怎么了？"

"听说南条君不是瘸子，他还能跳舞。"

说着，铃子用力抠住竹内后背上的肉，将头抵在他的肩膀上，忍不住抽泣起来。

"好了别哭了。你稍等一下。"

竹内忽然甩开铃子站了起来。

他看到南条此刻正呆呆地站在后台入口。

南条倚着拐杖，耷拉着头。似乎没有拐杖的支撑马上就会垮掉的样子。

"老师，我来给您道歉了。"

"什么？"

竹内怒不可遏地想要冲过去，没想到星枝站起来拦住了他。

"老师，不要这样。"

"你躲开！这个畜生！"

他追出去，对着南条一阵猛揍。

"混账！看看你这狼狈样！算怎么回事！"

南条下意识地举起拐杖自卫。

"你想干吗？举起这个想干吗？"

铃子单手触地，默默地看着这一切。

星枝再次站到两人中间，用戏谑的口吻安慰竹内："老师，您息怒，这拐杖只是个幌子。"

南条顷刻间变了脸色,突然回过神似的大喊一声"畜生",便挥起拐杖打在星枝的肩膀上。星枝一下子倒在了竹内的怀里。

　　竹内冷不防被撞得打了个趔趄,向后踩空了台阶,仰面朝天滚下了楼梯。

　　舞台上,女歌手正唱着欢快的流行歌曲。

　　由于后脑勺受到重击,竹内被抬进了医院,右肘也痛得无法动弹。

　　大家经过商议,决定让南条作为竹内的替补加入此次巡演中。

　　从医院驶往车站的车上,三人都沉默不语。正要进检票口时,铃子忽然夺过南条的拐杖,将肩膀靠近南条说:"扶着我吧。"

　　同时将拐杖交给星枝:"帮我把这玩意儿扔掉吧,不然还会有危险的。"

　　"嗯。"星枝点了点头。

　　然后就匆匆忙忙回医院照顾竹内去了。

　　当日深夜,南条便离开了这座城市。

王蕾 译

» 湖

桃井银平在一个夏末——或者不如说是秋初,出现在轻井泽。他脱下身上的旧裤子,换上新买的法兰绒西裤,又在新买的衬衫外面套了一件新毛衣。在这被清冷雾水打湿的夜晚,他连藏青色的雨衣都买了。在轻井泽,备齐一套现成的衣服是轻而易举的事。鞋也很合脚,旧鞋已经脱掉留在鞋店里了。可是,被他用包袱皮包起来的旧衣服,该怎么处置才好呢?如果扔在空别墅里,到来年夏天也不会有人发现的。银平拐进小路,来到空别墅的窗边,把手搭在窗板上,发现窗户已被钉死。他想撬窗,这会儿又不敢,觉得跟犯罪似的。

银平自己也不知道究竟是不是被当成逃犯,正在受到追捕。也许受害者并没有去告发他的罪行。银平把包起来的旧衣服丢进后门的垃圾箱,心里掠过一阵快意。或许是避暑客懒惰,也或许是别墅管理员懈怠,垃圾箱清理不力,那包旧衣服一塞进去,就听到挤压湿纸皮的声音。垃圾箱盖被顶得鼓了起来,银平没有在意。

可是,当他走出去约莫有三十步远时,回头望了一眼。一幕幻景出现在眼前:在那个垃圾箱的周围,一群银色的飞蛾从雾气中翩翩飞起。银平欲取回那包旧衣服,便停下脚步。银色的幻景将他头上的落叶松照出一道朦胧的蓝光,继而消失不见。落叶松像路旁的林荫树般连绵着,远处有一道彩灯装饰的拱门。原来,那竟是间土耳其浴室。

银平一走进院子，就用手摸了摸头，觉得发型还过得去。银平会用安全剃刀的刀刃替自己刮头发，他的这个绝招常常令人惊叹。

被称为土耳其浴女郎的浴娘将银平领进了浴室。门刚从里面关上，浴娘便脱去了白色的罩衣，上身只穿一件乳罩。

浴娘帮银平解开雨衣的扣子时，他不由得把身体往回一抽，随后便任其摆弄。她跪在他的脚下，连袜子都帮他脱掉了。

银平进入香水浴池。瓷砖的颜色将池水映成绿色。香水并不太好闻，但对于从信浓的一个廉价旅馆辗转到另一个廉价旅馆，一路东躲西藏的银平来说，这气味已如同花香一般美好。泡完香水浴，浴娘为他仔细地清洗身体。她蹲在他的脚下，连他的脚趾间都用手搓净。银平垂眼望着女人的头顶，她长发及肩，如同旧时女子洗后披散着秀发一般。

"我给您洗洗头吧。"

"什么？连头都给我洗吗？"

"来吧……我来给您洗头。"

银平想起自己只用安全剃刀刮过头发，但好久没洗了，气味一定很难闻。但他还是把双肘撑在膝盖上，把头向前伸出，让浴娘用肥皂沫揉了几下，便不再难为情了。

"你的声音真好听。"

"声音？"

"是啊。在耳边萦绕不止，迟迟不肯消逝。从耳朵深处传来的轻言细语，好像渗入了脑海之中。无论多么坏的人，只要听到你的声音，都会与人为善……"

"哎哟，是撒娇的声音吧？"

"也不是撒娇，是难以形容的甜美……充满了哀愁，充满了爱情，所以又亮又脆。也不同于歌声。你是不是在恋爱？"

"没有。要真是就好了……"

"等等……你说话时别那么用力挠我的头皮……我都听不清你说的了。"

浴娘停了手，有点儿为难地说："太难为情了，我都不敢说话了。"

"竟有人说起话来像仙女一样。即便在电话里听几声，也余韵无穷啊。"

银平被自己的话说得噙了泪，他在这位浴娘的声音里，感受到了纯粹的幸福和温暖的宽慰。或许那是永恒的女性的声音，抑或是慈祥的母性的声音吧。

"你老家是哪里的？"

浴娘没有回答。

"天国吗？"

"不，是新潟。"

"新潟……市？"

"不是，是个小镇。"

浴娘的声音变低了，带着些颤抖。

"雪国来的，你的身体真美。"

"不美呀。"

"身体也美，我也从没听过这么美的声音。"

浴娘替银平搓洗完，用提桶里的水为他冲了几遍身体，又用一块大毛巾包住他的头擦了擦，并简单梳了梳。

然后她在银平腰间缠了一条大毛巾，让他进到汗蒸箱里。那是一个四方形的木箱，她打开前板，将银平轻轻推进去。箱子上方的木板上有一道沟，刚好是脖子的位置，当银平的脖子到达正中间时，浴娘放下箱盖，那道沟便被封住了。

"这是断头台啊。"银平不由得脱口而出。他睁大双眼，有些害怕，转动着被圈在洞里的脖子观察四周。

"好多客人都这么说。"浴娘并未注意到银平的恐惧。银平看了看入口那扇门，目光停在窗户上。

"要不把窗关上吧。"浴娘说着，向窗户走过去。

"别关。"

大概是汗蒸箱太闷热的缘故，他们才把窗开着。浴室里的灯光照在窗外的榆树叶上。高大的榆树枝繁叶茂，光线穿不透叶丛。银平似乎听到，从那树叶的暗影里传来隐约的钢琴声，却又不成调。是幻听无疑了。

"窗外是个院子吗？"

"是的。"

夜光中被投下绿叶浅影的窗前，站着一位肤色白皙的姑娘，未着寸缕。那仿佛是银平无法置信的世界。姑娘踩在浅粉色瓷砖上的光脚无疑是年轻的，但膝盖窝的凹陷处，却蒙着一片阴影。

银平心想，如果一个人待在这浴室里，大概也会像脖子被卡在这箱板的洞里一般，感到窒息而坐立不安吧？他坐的是一个椅子似的东西,下半身开始热起来。背后像有一块热板,他将背靠在上面。木箱三面发热,或许都在冒着蒸汽。

"要在这里面待几分钟?"

"看个人的喜好,大约十分钟吧……习惯了的客人,有的会蒸十五分钟。"

入口处的衣柜上,放着一个小小的座钟。看时间才过了四五分钟。浴娘用热水绞了一把毛巾过来,贴在银平的额头上。

"哟,蒸汽上来了呢。"

银平只有头露在汗蒸箱外面,一脸的严肃认真。他已有余暇思考,自己这个样子多半很滑稽吧。银平开始来回抚摸着热起来的胸膛和腹部。那里湿答答、黏糊糊的,分不清是汗还是蒸汽。银平闭上了眼睛。

趁着客人还待在汗蒸箱里,浴娘为打发等待的时间,从香水浴池中舀水出来,清洗冲澡池。那水声落在银平的耳朵里,仿佛波浪拍打岩石的声音。两只海鸥站在岩石上,双翅高展,用鸟喙互啄着对方。故乡的大海,浮现在银平的脑海中。

"过了几分钟了?"

"大约七分钟。"

浴娘又绞了一把毛巾过来,贴在银平的额头上。银平感到一阵冰凉的快意,突然把头往前一伸。

"哇,好痛!"他清醒过来。

"您怎么了?"

浴娘以为银平被热气蒸得头晕,便拾起掉落的毛巾,重又贴回他的额头，用手压了压。

"要不要出来？"

"不用，没事。"

银平被一种幻觉攫住了。幻觉中，他跟在这个声音甜美的姑娘身后走着。那是东京某处的电车道。那条人行道上的银杏树还残留在记忆中。银平汗流浃背。意识到自己的脖子还圈在箱板的孔里动弹不得，他的脸歪了起来。

浴娘向外挪了挪，离他更远一些，银平的样子令她稍感不安。

"像这样只露个头在外面，你看我像几岁？"

听到银平问自己，她竟不知该怎么回答。

"我不太会看男人的年纪。"

浴娘没有仔细看银平的头。银平也没有机会说出自己已经三十四岁。他猜眼前的浴娘大概还不满二十岁。无论从肩膀、腹部还是脚上看，都能断定她是处女。她脸上几乎脂粉未施，双颊却泛着淡淡的粉色。

"我要出来了。"银平语带忧伤地说。

浴娘忙打开挡在银平喉咙前面的箱板，手抓住绕在他脖子上的毛巾的两头，小心翼翼地拉出来，就像对待一件宝贝似的。接着为他擦干身上的汗水。银平的腰上还缠着毛巾。浴娘在靠墙的躺椅上铺一条白布，让银平俯卧上去之后，从肩膀开始为他按摩。

按摩时除了揉捏般的抚摸，还用手掌拍打，银平此前对此一无所知。浴娘的手掌虽然还是少女的手掌，连续拍打在背上的力道却大得出人意料。银平呼吸急促起来，他想起自己幼小的儿子用圆胖的手掌奋力拍打自己额头的情景。只要他低下头，儿子的小手就会不停地拍在自己头上。那是什么时候的幻景呢？可如今，那幼小的孩子葬身坟墓，小手疯狂地拍打覆盖在自己身体上的土层。监狱那黑乎乎的墙面直压向银平，惊出了他一身冷汗。

"你这是在扑什么粉吗？"银平问。

"是的。您觉得不舒服吗？"

"不是。"银平慌忙说道，"又出了一身的汗哟……如果有人听到你的声音还会觉得不舒服的话，那他这是要犯罪呢。"

浴娘一下子停了手。

"我这种人一听见你说话，其他的一切都会消失。其他的一切都消失了也是很危险的，但是声音是抓不住也追不上的，就像不停流逝的时间或生命。不，不是吗？你什么时候都能发出动听的声音。可你要是这样变得沉默下来，谁也不能强迫你发出动听的声音呀。即使强迫你发出惊恐声、愤怒声或哭泣声，也不会是动听的。要不要用自然的声音说话，那是你的自由。"

浴娘仗着她的自由，一径沉默不语。她的手从银平的腰向大腿内侧按摩下去。再从他的脚心出发，直至他的脚趾。

"请您翻身仰卧……"浴娘低声说着，声音几不可闻。

"你说什么？"

"现在请您仰卧……"

"仰？是脸朝上仰卧吗？"银平说着，按住腰上的毛巾，翻过身来。浴娘刚才那微弱而颤抖的低语，如花香般盈满银平的耳朵，紧随他的动作，须臾不离。那股陶醉从耳朵沁入心脾，是银平从未体验过的。

浴娘紧贴窄窄的躺椅，站着按摩银平的手臂。银平的脸正迎着她的胸。乳罩束得并不紧，皮肤上却留着白布边缘浅浅的勒痕。她的胸部尚未发育成熟，因而并不丰满。她的脸型略长，具有古典的韵味。前额不宽，大概因为头发没有梳得隆起，而是全部向后梳的缘故，才显得额头很高，更使那双意志坚定的眼睛清澈明亮。脖子至肩膀线条平坦，手臂圆润而娇嫩。因离得太近，浴娘皮肤上的光泽晃得银平不由得闭上了双眼。他仿佛看见木工所用的钉盒中，装满了细小的钉子，个个闪着锐利刺目的冷光。银平睁开眼，凝视着天花板。那里刷成了白色。

"我的身体比实际年龄更老吧？谁让我历尽沧桑呢！"银平嘴里嘟囔着，然而他还是没有说出自己的年龄。

"我三十四岁了哦。"

"真的吗？好年轻哦。"浴娘用不带情绪的声音说。她换了一个方向，开始摩挲银平的手臂。躺椅的一个边靠在墙壁上。

"我的脚趾头长得像猿猴样，又长又干瘪是吧？我很能走路哦……每次看到这么丑的脚趾头，我都觉得毛骨悚然。你那双漂亮的手都按摩到那里了。你给我脱袜子的时候，没有吓一跳吗？"

浴娘没有说话。

"我也出生在里日本①的海边。海岸边布满凹凸不平的黑色岩石。我光着脚，用长脚趾使劲儿抓牢岩石一样，在上面行走。"银平说着

---

① 指日本本州岛面向日本海侧的国土。

半真半假的话。大概是为了这双丑陋的脚，他在青春期时不时撒过各种谎的缘故吧。他这双脚，连脚背的皮肤都又厚又黑，脚掌布满皱纹，长长的脚趾上骨节外突而弯曲，令人毛骨悚然，这倒是事实。

此时的他正仰躺着接受按摩，看不见双脚，他手搭凉棚瞧了瞧。浴娘为银平按摩着胸部到手臂的肌肉。那是乳房以上的位置。银平的手长得并不像脚那样异常。

"您的老家在里日本的什么地方？"浴娘问道，声音自然。

"里日本的……"银平支支吾吾，"我不想谈老家的话题。我跟你不一样，我已经没有家乡了……"

看浴娘的样子，她既不想知道银平老家的事，也无心去打听。这间浴室的灯不知是怎么安的，竟没有在她的身上投下阴影。她一边按摩银平的胸部，一边将自己的胸靠了过来。银平闭上眼睛，手足无措。他不敢把手伸到腹部两侧，因为担心碰到浴娘的侧腹。他想即便是自己一个手指尖碰到她，也会挨一个耳光。然后银平感到一阵冲击，仿佛真的被打了。他瞬间惊恐得想要睁眼，却没有睁开。他用力拍打眼皮，拍得眼泪几乎都要流出来，眼珠似被灼烧的针刺般疼痛。

打在银平脸上的不是浴娘的手，而是蓝色的手提包。挨打的那一刻，他并不知道那是手提包，被打之后，他看见掉在脚边的手提包方才意识到。他不确定是被人用手提包打了，还是人家把包扔给自己，但手提包结结实实打在脸上是千真万确的事。银平瞬时清醒过来。

"啊！"银平叫出了声。

"喂喂……"他差点儿叫住那个女人。但马上又想提醒她手提包掉在地上了。可是那女人的背影已经消失在药店转角处。只剩下蓝色的手提包躺在道路中间，仿佛是银平犯罪的铁证。从开着的手提包口露出了一沓一千日元的纸币。但银平第一眼看到的不是纸币，而是他犯罪的证据——手提包。对方扔下手提包逃跑的事，似乎为银平的犯罪定了性。出于恐惧，他从地上迅速捡起手提包。因看到许多纸币而感到吃惊，则是在捡起手提包之后的事了。

那家药店是真的存在，还是自己的幻觉？事后银平对此也产生过怀疑。那个住宅区一家商店都没有，唯独开着个又小又旧的药店，怎么想都觉得奇怪。但店门口玻璃门旁，确实立着块卖蛔虫药的广告牌。还有更奇怪的，通向那个住宅区的电车道的拐角上，面对面开着两家一模一样的水果店。两家的店头都摆着装樱桃和草莓的小木箱。银平跟踪那个女人来到这里时，他的眼里除了女人之外别无他物。却不知为何，唯独看见了这两家相对而开的水果店。也许是要把通往女人家的拐角记住的缘故吧？银平清晰地记得，那小木箱中整齐排列着大小均匀的草莓，看来水果店的存在是不会有错的。但也许水果店只在从电车道拐弯的一侧，而他错记成两侧都有？在那种情形下，把一家店看成两家店也不是没可能。后来，为了要不要去确认那家水果店和药店的真实性，银平曾在内心天人交战过。其实他都不确定那条街是否存在。他在脑海中描画着东京的地理环境，也只能估计个大概罢了。对银平来说，那不过就是女人的去向，一条路而已。

"对了。也许她并没有打算丢掉吧。"他不由自主地喃喃出声，突然睁开眼睛。浴娘仍在按摩银平的腹部，他怕被浴娘察觉，再度迅速地把眼睛闭上了。他的眼神或许如同地狱怪鸟一般。女人的手提包的事，丢掉的东西的名称，以及丢掉东西的人，幸好刚才没有说漏嘴,把这些都抖搂出来。银平的腹部抽紧,而后痉挛起来。

"好痒啊!"听到银平喊痒,浴娘松了手。这次是真觉得痒,银平甜滋滋地笑出了声。

那个女人用手提包打自己也好,把手提包扔向自己也好,直到此刻,银平对此的解释仍然是,她以为被人盯上了包里的财物尾随而来,内心恐惧至极,以至于丢下手提包仓皇逃跑。也或许女人并不是真要扔掉手提包,只是想用手边的东西甩掉银平,结果力道过猛,以致手提包脱了手。无论哪一种情况,从女人的手提包能横甩到银平的脸上这点来看,当时两人距离一定很近。大概是走入这个僻静的住宅区后,银平不知不觉缩短了跟踪距离的缘故。难道是女人觉察到银平的逼近,才猛然扔出手提包跑掉的吗?

钱不是银平的目标。他原不知道女人的手提包里装着巨款,也没想过。他的本意是要消灭这个确凿的罪证,而当他捡起手提包时,竟发现包里装着二十万日元。那是两捆崭新的十万日元纸币,还有存折。这么说女人应该是去过银行回来,她一定以为自己刚从银行出来时就被跟上了。除了那两捆纸币之外,包里只装了一千六百日元。银平打开存折,发现支取二十万日元后,余额尚有二万七千日元。也就是说,女人支取了大部分存款。

银平在存折上看到了女人的名字,她叫水木宫子。既然他的目的不是劫财,只是被女人的魔力诱使,跟踪至此,那么理应将财物和存折送还宫子吧?可是对银平来说,他是不会这样做的。就像银平跟踪女人一样,那笔钱也似灵魂似有若无的活物一般追着银平走。这是银平第一次偷钱。与其说是偷,不如说那些钱魇住了他,却又不肯离去。

捡起手提包的时候，还构不成偷窃。而捡起来往包里一看，手提包便成为犯罪证据。银平把包夹在穿着西装的腋下，小跑着到了电车道。真不巧，现在不是穿大衣的季节。银平买了包袱皮就跑出店外，把手提包裹了起来。

银平租了一个二楼的房间，一个人住。水木宫子的存折和手帕都在煤炉上烧掉了。他没有记下存折上的门牌号，因此无从知道宫子的地址。此时他已经不打算把钱送回去了。烧存折、手帕和梳子时虽有异味，但也还好。手提包是皮的，烧起来太臭，所以用剪刀剪成碎片。就这样一点点地烧，颇费了些时间。手提包的五金件、唇膏、粉盒这些烧不着的东西，就趁着半夜丢进污水沟了。那些东西稀松平常，即使被人发现也无妨。当银平把用到只剩很短一截的唇膏旋出来看时，他的身体不禁颤抖了一下。

银平开始留意新闻广播，报纸也看得很仔细，却始终没有看到或听到关于装着二十万日元和存折的手提包被抢的新闻报道。

"哦，那个女人果然没有报案。她大概有什么不可告人的事不能去报案吧。"银平嘟囔着，突然感到内心深处的黑暗被一束奇怪的火焰照亮了。银平之所以跟踪那个女人，是因为她身上有着吸引他追随的东西。可以说他们俩同属一个魔界吧，这是银平的经验告诉他的。当他想到水木宫子也是自己的同类时，他竟然出神了。随即后悔没有记下宫子的地址。

被银平跟踪时，宫子一定很害怕，即便她自己没意识到，或许也会产生剧痛般的喜悦。有一种喜悦主动者能感受，而被动者感受不到的吗？街上漂亮的女人那么多，而银平却偏偏选择跟踪宫子，难道这就好比瘾君子发现了同道中人吗？

银平第一次跟踪女人，也就是玉木久子时，这种情况便已很明显了。说是女人，其实久子还只是个少女。估计比眼前这个声音动听的澡堂浴娘还小。她是高中女生，也是银平的学生。后来银平因与久子的关系败露，而被开除了教职。

银平尾随久子到她的家门口，他被大门的气派惊得顿住脚步。连接着石墙的门扉敞开着，铁格子上方装饰唐草纹。久子立在唐草纹的对面，回过头对他喊道："老师。"她苍白的双颊泛起红晕，真美。银平也觉两颊潮热，用嘶哑的声音说道："啊啊，这里就是玉木同学的家吗？"

"老师，您有什么事吗？您这是要来我家吗？"

哪有悄无声息地跟在学生后面到人家家里来的道理呢？但银平还是装作赞叹的样子，边朝门里张望边说："哇，太棒了！这样的大房子竟然没被战火烧掉，真是奇迹啊！"

"房子被烧掉了。这是战后买的房子。"

"这是战后……令尊在哪里高就？"

"老师，您有什么事吗？"久子越过铁铸的唐草纹，盯着银平的眼睛里有愤怒的表情。

"哦，对了。脚气……那个，听说令尊对治疗脚气的特效药很熟悉？"银平一边说，一边哭丧着脸，心想在这豪华的大门前谈论脚气，这都什么事儿嘛。

久子却一脸严肃地反问："脚气吗？"

"对，治疗脚气的药物。你不是在学校里和同学们一起讨论过，治疗脚气的特效药的事情？"

看久子的眼神，她似乎正在努力回忆。

"老师得了脚气，严重到几乎走不了路。你能替我向令尊请教一下脚气药的名字吗？我在这里等你。"

久子的身影一消失在洋房入口，银平便逃也似的跑走了。他那双丑陋的脚，仿佛追赶着他自己似的。

根据银平的推测，久子大概并没有把被自己跟踪的事情告诉家里，也并未投诉到学校。尽管如此，事发当夜他还是头痛欲裂，眼皮抽筋，辗转难眠。即便入睡也睡得极浅，动辄惊醒。每次醒来，他都用手拂去额头渗出的冷汗，淤积在后脑的毒素便爬上头顶，蔓延至额头，头痛再次来袭。

第一次感到头痛，是从久子家门前逃离，游荡到附近的闹市区时。在熙来攘往的街头，银平几乎站立不住。他手按着额头蹲下，头痛伴随着眩晕攫住了他。像中大彩的铃声丁零当啷，响彻街道，又像消防车呼啸而来。

"您怎么了？"一个女人的膝头轻轻抵着银平的肩膀。他转头向上看去，看见一个打扮得像战后街头流莺的女人。

尽管如此，银平还是下意识地将身体靠在花店的橱窗上，以免挡住行人来往。他的额头几乎压在橱窗玻璃上。

"你在跟踪我吗？"银平对女人说。

"也谈不上跟踪。"

"总不会是我跟踪的你吧？"

"嗯哼。"

女人的回答听不出是肯定还是否定。要是肯定，女人应该会继续说些什么。然而女人停顿了好一会儿。

银平按捺不住，焦躁地说："既然不是我跟踪你，那不就是你跟踪我吗？"

"随你怎么说……"

橱窗玻璃中映着女人的身影，与橱窗内的花影叠加，仿佛她就置身花丛之中。

"你在干什么啊？快站起来。过路人都在看着呢。你身体不舒服吗？"

"啊。我有脚气。"

"脚气"一词再次脱口而出，银平自己也吓了一跳。

"脚气痛得我走不了路。"

"真拿你没办法。这附近有个好人家，过去那里休息一下吧。把鞋袜都脱掉就好了。"

"我不喜欢被人看见。"

"谁爱看您的脚啊……"

"会传染的。"

"不会的。"女子一只手插进银平的腋下，说着"喂，走吧"，要把他架起来。

银平用左手的手指捏住额头，当他看向女人映在花丛中的面影时，橱窗里露出了另一个女人的脸。那是花店的女主人吗？银平像是要抓住橱窗里的白色大丽花束般，右手撑着橱窗的大玻璃站了起来。

花店女主人皱起细眉,瞪着银平。银平担心手臂会顶破那扇大玻璃窗而流血,于是将身体的重心压向女人。女人站得很稳。

"别想着逃跑哦。"说着,女人冷不防在银平的乳头上掐了一下。

"好痛!"

银平顿感轻松。自久子家门前逃离之后,虽不知为何会晃荡到这个闹市区,但被女人这么一掐,头脑倒松快了。仿佛在湖岸边被山上的微风吹拂般神清气爽。那应该是早春时节的凉风。银平感觉,自己的手臂似要顶破花店那一大面如湖水般的橱窗玻璃。或许正因如此,一片被冰封住的湖水才会浮现在他的脑海之中。那面湖在母亲娘家的村里,岸上虽也有城镇,但母亲的故乡却是一个村子。

湖面上雾气氤氲,结冰的岸边云遮雾罩,一望无际。银平约了表姐弥生,一起到湖面的冰上走走。说是约,不如说是诱骗。少年银平诅咒过弥生,也怨恨过弥生。他心里曾有过邪恶的念头,但愿脚下的冰裂开,让弥生掉进冰窟窿里去。虽然银平比弥生小两岁,但鬼点子比弥生多。银平的父亲在他虚岁十一岁时离奇死亡,母亲曾动过回娘家的念头。比起在春天般温暖的环境下长大的弥生,银平更需要鬼点子的滋养。银平之所以选择表姐作为初恋,原因之一或许是从心底里不愿失去母亲。银平童年的幸福,是二人携手漫步湖边,一双倒影落在湖中。一面欣赏湖水,一面漫步湖边小径,银平渴望着映在湖中的身影永不分离,幸福的道路永无止境。然而好景不长。年长他两岁的少女长到十四五岁,便以男女有别为由弃他而去。而银平的父亲死后,他们一家便遭到母亲娘家村里人的嫌恶。弥生也开始疏远银平,毫不掩饰厌弃之色。也正是那个时候,银平不时会产生这样的念头:如果湖面上的冰裂开,让她沉下去就好了。不久后,弥生嫁给了一名海军军官,现在可能已经守寡了。

而现在,银平从花店橱窗玻璃联想到了结冰的湖面。

"你掐得真狠啊。"银平抚着胸对那个女人说,"肯定瘀青了。"

"回去让你太太瞧瞧。"

"我没有太太。"

"别开玩笑了。"

"是真的。我是个单身教师。"银平满不在乎地说。

"我也是个单身女学生哦。"女人说。

银平心想,这肯定是女人信口开河。他再没看女人一眼,可听到"女学生"这个词,头又开始痛起来。

"是脚气在痛吗?我就说嘛,还是不要走那么多路了。"女人看着银平的脚说。

银平突然回头往行人堆里看了看,心想被他尾随到家门口的玉木久子要是反过来跟踪自己,看到自己和女人这番你来我往,不知会作何感想。虽然他并不知道,消失在洋房入口的久子还有没有再到门口来,但此刻久子的心已经追着自己来了。这一点,银平非常确信。

次日,银平要给久子他们班上国语课。久子等在教室门外。

"老师,给您的药。"久子迅速往银平的口袋里塞了个东西。

银平昨晚头痛难耐,没有备课,加上睡眠不足,精神不济,所以把国文课改成了作文课。主题让学生们自由决定。

一个男学生举手问道:"老师,可以写生病的事吗?"

"哦,写什么都行。"

"比如,怪难为情的……脚气之类的也可以吗?"

学生发出哄堂大笑。所有人都望向那个学生,并没有人对银平投以异样的目光。他们笑得好像不是银平,而是那个提问的学生。

"写脚气的事也可以吧。这方面我没经验,倒是可以让我学习学习嘛。"说着,银平朝久子的座位看去。学生们还在笑,但那是把银平纳入无辜者同盟的笑法。久子低着头,一径在写着什么的样子,始终没有抬起头来,但脸已经红到耳朵了。

当久子把作文本放到老师桌上时,银平瞥见她写作文题是"我对老师的印象"。他想,写的一定是与自己有关的事。

"玉木同学,课后请你留一下。"听见银平这么说,久子不易察觉地点了点头,抬起眼皮翻了银平一眼,他感觉那一眼像是在瞪自己。

久子从窗户边走开,盯着院子瞧了一会儿。等到所有同学交完作文,她径直向讲台走了过去。银平不紧不慢地把作文本扎好,站起身,默不作声地走到走廊上。久子跟在他后面,保持着一米的距离。

"谢谢你的药。"银平回过头说,"我有脚气的事,你告诉过别人吗?"

"没有。"

"谁都没告诉?"

"有。我告诉恩田了。因为恩田是我的好朋友……"

"告诉恩田同学了……"

"我只告诉过恩田。"

"告诉一个人,就等于告诉了所有人,不是吗?"

"不会的。我是私下里跟她说的。我们之间没有秘密,我们约好的,什么事都不能互相隐瞒。"

"你们关系这么亲密啊。"

"嗯。家父有脚气药的事,就是我在跟恩田说起来的时候,被老师听到的。"

"是吗?你对恩田同学真的没有任何隐瞒?不可能吧。好好想想,要对恩田同学做到这一点,你们必须一天二十四个小时都在一起,把心里想到的事一刻不停地说了又说,这是不可能做到的嘛。比如睡着时做的梦,早上醒来时就已经忘了,就不会告诉恩田同学。说不定你们俩在梦里反目,企图杀死她呢。"

"我不会做那种梦。"

"不管怎么说,双方亲密到彼此没有秘密,这完全是病态的幻想,是女孩子掩饰弱点为自己戴上的面具。只有天堂和地狱才没有秘密,人类世界是不可能没有秘密的。如果你对恩田同学没有秘密,那你作为一个人类是既不能存在也不能生存的。你扪心自问一下。"

对于银平所讲的道理,以及他讲这番道理的目的,久子一时间无法理解。

"难道不能相信友情吗?"久子好不容易反驳了一句。

"在毫无秘密的地方是不会生长出友情的。不光是友情,所有的人类感情都不会生长。"

"什么?"少女仍然无法理解,"重要的事情,我都会跟恩田同学分享。"

"那这个,谁知道呢……最重要的事,和像海滨的细沙一样微不足道的事,也不一定都对恩田同学说不是吗?令尊和我的脚气病,是哪种程度的重要呢?对你来说是不上不下的程度吧?"

听了银平这番语带恶意的话,久子仿佛感觉自己被人把脚拽到空中,又猛然掉下来。她面色苍白,几乎要哭出来。

银平又用温柔的、抚慰的语调继续说:"你自己家里的事,也全对恩田同学说吗?应该不会吧。令尊工作上的秘密不会说吧?你瞧,你今天的作文里好像写了我的事。可这里面写的事,有些你也没告诉恩田同学吧?"

久子眼里噙满了泪水,不说话,逼视着银平。

"令尊在战后事业成功,真了不起啊。虽然我不是恩田同学,但我也想听你说说是怎么成功的呢。"

银平若无其事的语调中,明显带着胁迫的意味。在战后有能力购买那么气派的豪宅,让人怀疑其多半是参与了黑市买卖之类的非法勾当。银平企图用话拿住久子的要害,以此为筹码,逼迫她在识破自己跟踪她后闭嘴。

不过,在发生过昨天那件事之后,久子仍然来上自己的课,带来了脚气药,还写了《老师的印象》那篇作文,都说明那件事没什么可担心的。银平再次验证了昨晚的推断。自己之所以像个喝得酩酊大醉、不省人事的醉鬼,或梦游患者般跟踪久子,是受了久子魔力的蛊惑。她已将魔力注入银平的身体。或许经过昨天被跟踪一事,她已意识到这种魔力,反而为此在暗地里沾沾自喜呢。这个奇异的少女把银平迷得神魂颠倒。

当银平觉得对久子的要挟该适可而止了的时候,他抬起头,一眼望见恩田信子站在走廊尽头,正朝自己这边看着。

"你的好朋友正担心地等着你呢,快去吧……"

银平放开了久子。她并没有像一个少女般走过银平面前跑向恩田,而是垂头丧气地挪动脚步,似乎越走越慢。

过了三四天,银平向久子道谢:"那个药真是太好用了。托你的福,我的病好多了。"

"是吗?"光彩绽放在久子的脸上,露出了可爱的酒窝。

然而事情远没有可爱那么简单。她和银平之间的事被恩田信子告发,银平为此沦落到被学校开除的地步。

此后经年,银平在轻井泽的土耳其浴室中,一边享受着浴女的按摩,一边在脑海中想象着,久子家那气势宏伟的洋房中,久子的父亲坐在华丽的安乐椅上剥脚气皮的情景。

"哼,得了脚气的人肯定不能泡土耳其浴吧。被蒸汽一熏,还不得痒得受不了啊。"银平说着,轻蔑地一笑。

"有得脚气的人来过吗?"

"难说。"浴女说得含糊其词。

"我也不知道什么是脚气,那可不是尊贵的,鲜嫩的脚上会长的。高贵的脚上,却长着低等的细菌。人生就是这样。我等长得像猿猴一样的脚上,脚皮又硬又厚,就算播下病菌也活不了啊。"银平一边说,一边想象着浴女白皙的手指,似吸附在那丑陋的脚掌上一般揉搓,潮湿而黏腻。

"这是双连脚气都嫌弃的脚啊。"

银平皱起了眉头。此刻心情如此愉悦,为什么连脚气这种事都要对美丽的浴女说出来呢?有必须说的理由吗?一定是当时对久子撒了谎的缘故。

银平跟踪久子到她家门口,说自己为脚气困扰,想请教特效药名称,那是一时情急之下撒的谎。三四天之后说自己脚气好多了,并为此道谢,那也是谎言。他并没有染上什么脚气。在作文课上,他说自己没经验,那是实话。他把久子给的药扔掉了。他对街头遇到的那个流莺谎称自己脚气痛得走不动路,也是一时兴起,是紧跟上一个谎而撒的谎。谎言一旦启程,就停不下来了。正好比银平跟踪女人一样,谎言也总是跟在他的身后。恐怕罪恶亦是如此。犯下一次的罪恶,总是跟在人的身后,让人重犯。恶习也是如此。一次跟踪女人,让他再次跟踪。这恶习如脚气般顽固,传染复传染,断不了根。今年夏天治愈的脚气,来年夏天依然卷土重来。

"我没有得脚气。我不知道什么是脚气!"银平像叱责自己般脱口而出。跟踪女人带给他心醉神迷,令他产生妙不可言的战栗。他怎么能把这个与肮脏的脚气相提并论?!难道是撒过一次谎,让自己产生了这样的联想吗?

然而,在久子家门前脱口说出脚气的谎言,是不是源于对自己丑陋双脚的自卑感呢?这个念头忽闪过银平的脑际。如此说来,跟踪女人的也是这双脚,也仍然是和这双脚的丑陋有关吗?想到这一点,银平大为震惊。莫非是肉体局部的丑陋因向往美丽而悲伤哭泣吗?丑陋的双脚追逐美女莫非是天命使然?

浴女的手从银平的膝盖向小腿按摩下去，她的背随着动作转向银平。也就是说，银平的脚完全暴露在浴女的眼前。

"不用了，不用了。"银平忙叫道，并将骨节突起的长脚趾往里弯曲，缩了起来。

浴女用动听的声音说道："我来给您剪脚指甲好吗？"

"脚指甲……啊，脚指甲……你要帮我剪脚指甲吗？"银平惊慌失措地说，"长得好长了吧。"

浴女把银平的脚掌放在手心上，用肌肤柔嫩的手把那猿猴般弯曲内折的脚趾舒展开。

"嗯，有点儿……"

浴女剪脚趾的手势又轻柔又细致。

"要是你永远待在这里就好了。"银平说。索性破罐子破摔，任由浴女摆布他的脚趾。

"我想见你的时候来就好了吧？如果想要你按摩，点你的号码就可以了吧？"

"是的。"

"我不是与你萍水相逢的人，不是来路不明的人。不是当我们相遇之时，不尾随便会迷失在世间无法重遇的人。我好像在说些莫名其妙的话……"

与其说是自己想通了，任其摆布，不如说是双脚的丑陋催其流下温暖而幸福的眼泪。像现在这样，将丑陋的双脚暴露在这个女人面前，让她单手抓着剪脚指甲，是银平从未有过的体验。

"我说的话好像太玄妙了，不过是真的。你有印象吗？和萍水相逢的人擦肩而过，就此不再有交集，该是多么可惜啊……我常有这种心情。多可爱的人啊，多漂亮的女人啊，这世上大概没有第二个这么让我倾心的人了吧？我与这样的人也许在路上擦肩而过，也许在剧场中邻席而坐，也许并肩走下音乐会场馆的楼梯，如果就此告别，此生便无缘再见。就算如此，总不能喊住她，也不能与之搭话吧？人生难道就是如此吗？每当此时，我就难过得要命，头脑昏昏沉沉。我想一直跟随她到世界的尽头，但我做不到啊。跟随到这个世界尽头的唯一办法，只有杀了她。"

银平意识到不知不觉说多了，他突然抽了一口气，掩饰似的说："刚才的话有点夸张了。不过，我想听你声音的时候就能打电话，这真是太好了。可你不是客人，你更由不得自己啊。你有喜欢的客人，盼着他再来，可来或不来都由他决定，或许再也不会来了。你不觉得无常吗？人生就是这么回事。"

银平望着浴女那线条柔和的背脊，她的肩膀随着剪脚指甲的动作而微微动着。她剪毕脚指甲，仍然背对着银平，踌躇着。

"您的手……"她说着转过身来。银平把手举到胸前看了看。

"手指甲不像脚指甲那么长，也没那么脏。"

可是他并不拒绝，浴女又开始给他剪起手指甲来。

银平看得出来，浴女对自己已经相当厌恶了。他自己也对刚才那通胡言乱语感到恶心。跟踪的极限真的是杀人吗？他只是捡起了水木宫子丢出的那只手提包，也不知道能不能再见面。如同与萍水相逢的人告别一样。同玉木久子也被隔离，分手之后再难相见。追到绝境却没有杀人，久子和宫子或许都已消失在他无法企及的世界中了。

久子和弥生的容颜浮现在银平的眼前，清晰得令他惊诧。他将她们与浴女的容颜做着对比。

"你的服务如此无微不至，怎么可能会没有回头客呢？"

"哎哟，我们是开门做生意的嘛。"

"我们是开门做生意的嘛……声音这么动听。"

浴女侧过脸去。银平不好意思似的闭上了眼睛。从合上的眼帘缝中，可以隐约看见白色的乳罩。

"把这个摘掉吧。"银平说着抓起久子的乳罩一头。久子摇头。银平抓住乳罩的手使劲儿一拽，松紧带在他的手中缩起。久子吓得睁大了眼睛，盯住银平手中的乳罩，胸口敞开着。银平扔掉了攥在右手里的东西。

银平睁开眼睛，看到了自己的右手，浴女正在修剪指甲的那只。久子比她年轻几岁呢？两岁，还是三岁？现在的久子是否也像这个浴女一样皮肤白皙？银平嗅到久留米产的藏蓝色棉布散发出的气味，那是他少年时代穿着的衣料，这是从久子身穿的蓝哔叽衣裙的颜色引发出的联想。久子哭着把脚伸进蓝哔叽衣裙中，银平也几乎落下泪来。

银平的右手指绵软无力，浴女把他的手托在自己的手中，右手用剪刀利利索索地修剪他的指甲。银平仿佛置身母亲娘家结冰的湖面上，牵着弥生的手漫步着，他的右手完全脱了力。

"怎么了？"弥生问着银平，回到岸上。银平心想：如果当时握紧了弥生的手，恐怕早已把她沉到冰面之下了吧？

弥生和久子都不是与他萍水相逢的人，他对她们知根知底，互有关联，随时都会再见。尽管如此，银平仍然要跟踪她们。尽管如此，他最终还是被迫离开了她们。

"耳朵也……掏掏吧。"浴女说。

"耳朵?耳朵要怎么掏?"

"我来给您掏。请您坐起来……"

银平支起上半身,在躺椅上坐了起来。浴女轻柔地揉搓着他的耳垂,他感到她的手指伸进耳孔,轻柔地转动着。直到耳朵内的污物被掏出,浊气消散,还有些许微妙的香气。他似能听见细碎的声音,伴随着微微的震动。浴女好像不断用空出来的手轻轻敲打伸进他耳孔的手指,银平简直心荡神驰。

"这是怎么回事啊?好像做梦一样。"银平说着回头看了看,却看不见自己的耳朵。浴女将手臂稍稍偏向银平的脸,重新把手指伸进他的耳孔,让他看着自己慢慢地转动手指。

"这真是天使爱的呢喃啊。我要把从前堵在耳朵里的人声全部清除干净,只想听见你动听的声音。人类的谎言好像都要从我的耳朵里消失掉了。"

浴女把自己裸露的身体靠在银平裸露的身体上,为他弹奏天上的仙乐。

"手艺不精,请多包涵。"

按摩结束了,浴女仍旧坐着为银平穿上袜子,扣上衬衫纽扣,穿好鞋,最后系上鞋带。银平自己动手做的,就只有扎上腰带,打好领带了。银平走出浴室,享用冰果汁,浴女一直静立在侧。

浴女把他送到大门口,他一走进夜色笼罩的庭院,眼前便出现了幻景。那是一个巨大的蜘蛛网,两三只绣眼鸟和各种昆虫一起挂在蛛网上，蓝色羽毛和可爱的白色眼圈异常鲜亮。绣眼鸟只要拍动翅膀，或许就可以捣毁蛛网，但它却紧紧地收拢翅膀，挂在蛛网上。如果蜘蛛靠近绣眼鸟，就会被它的鸟喙啄破肚皮，因此它趴在蛛网正中，将尾部朝向绣眼鸟。

银平的目光投向高处，那里是一片幽暗的树林。夜里，远离母亲娘家那片湖水的岸上发生了火灾，那里现在就映着那样的场景。银平仿佛被倒映在湖水中的火光吸引过去。

装了二十万日元现金的手提包被抢之后，水木宫子并没有报案。对宫子而言，二十万日元是一笔关乎其命运的巨款，但其中的隐情使其无法诉诸警方。因此，银平其实没有必要因为此事而逃去信州。若说有什么跟踪他至此的话，那也许就是银平手上的金钱吧。好像并不是银平偷了钱，而是金钱对他紧追不放。

银平无疑是偷了钱，但手提包掉在地上时，他差点儿都想叫住宫子了，因此或许也构不成抢劫吧。宫子也没想到会被银平抢。也没有明确证明钱是银平偷的。当手提包被扔到道路中央时，在场的只有银平一个人，他当然成了第一个怀疑对象。但是宫子并没有亲眼看见，因此捡到包的也许不是银平，而是其他行人也说不定呢。

"幸子！幸子！"宫子一进门就招呼女佣。

"手提包，被我弄丢了，你去帮我找回来。就在那边的药店前面。快，用跑的！"

"是！"

"慢吞吞的，该被人捡走啦。"

然后，官子喘着粗气跑上二楼，女佣阿辰也跟上来。

"小姐，听说您的手提包丢了？"

阿辰是幸子的母亲。阿辰先到这个家里，后来把女儿也叫过来了。官子过着单身生活，这么小一个家本不需要两个女佣，可阿辰抓住了这个家的弱点，僭越了女佣的身份。阿辰叫官子"夫人"，也叫她"小姐"。而当有田老人来家里时，必定叫她"夫人"。

官子受不住阿辰的引诱，不觉说出心里话。

"在京都的客栈里，女佣在我一个人的时候会叫我'小姐'。有田在的时候，虽然我们年龄差很多，他也会叫我'夫人'……叫'小姐'也许是把人当成小傻瓜吧，不过听起来还挺惹人心疼的，我好伤感啊。"

阿辰回答："那就这样吧。我也这么叫您吧。"从那以后就一直这样沿用这样的称呼了。

"可是小姐啊，走路把手提包给走丢了，这事会不会太蹊跷了？手上又没有其他行李，您好像只提了一只手提包吧？"

阿辰睁圆了她的小眼睛，目不转睛地盯着官子。

阿辰的眼睛即使不瞪大也是圆圆的。此时倒像变成了个小铜铃。那小眼睛瞪得溜圆的样子，如果是酷似阿辰的幸子，看起来倒是分外天真可爱。但阿辰大概是眼尾太短，眼睛瞪得过于夸张，极不自然，反而让人不舒服，从而产生戒备之感。事实上，与阿辰对视时，她的眼神里似隐匿着什么东西。那透明的，极浅的褐色眼眸，反而透着冷淡。

阿辰有着一张白皙的脸，圆润小巧。脖子胖，胸更胖，越往下越胖，脚却很小。女儿幸子的小脚可爱至极，令人惊叹。可是母亲阿辰的脚踝细、脚小，看起来很是狡黠。母女俩都是小个子。

阿辰的后脖颈肉肉的，虽说是仰视宫子，头却没有抬起多少，像是朝上翻了翻眼珠。站着的宫子似被其看穿了内心。

"丢了就是丢了嘛。"宫子没好气地叱责女佣，"所谓证据，不就是手提包没了吗？！"

"可是小姐啊，您刚才不是说就丢在那家药店门口吗？像手提包这种东西，您都知道丢在什么地方，还是在这附近丢的。这种事像话吗？"

"丢了就是丢了。"

"像雨伞之类的东西是很容易忘记带回来，可是连拎在手里的东西都弄丢了，这比猴子从树上掉下来更荒唐啊。"阿辰打了个奇怪的比方，"如果发现丢了，捡起来不就好了吗？"

"当然是这样啊。你这是什么意思？如果能发现，那还会丢吗？"

宫子这才发现，自己还穿着外出的西装，就直接上了二楼，一动不动地站在原地。有田老人来家里的时候，他们俩用的是二楼一个八叠大的房间。不过，宫子的西服衣柜、和服衣柜都在隔壁四叠半的房里，一是为了方便换衣服，二是避开阿辰蔓延到楼下的那股气势。

"下楼去帮我拧一块毛巾来。要用冷水。我出了点儿汗。"

"好的。"

宫子以为听了自己的吩咐，阿辰就会下楼，而且如果自己脱掉衣服擦汗，她也不会在二楼待着。

"好的。我从冰箱取些冰块放在脸盆的水里,给您擦擦吧。"阿辰答道。

"不用了。"宫子皱了皱眉。

阿辰下楼的同时,玄关的门被打开了。

"妈妈,我从药店门口一直找到电车道,都没看见夫人丢的手提包哦。"宫子听见幸子的声音说。

"我早料到了……你到二楼去告诉夫人一声。对了,你报案了吗?"

"嗯?要报案吗?"

"你真是迷糊啊。还不快去!"

"幸子!幸子!"宫子在二楼喊着。

"不用去报案了,反正包里也没什么重要的东西……"

幸子不答话,阿辰把脸盆放在木托盘上,端着上了二楼。宫子已脱下裙子,身上只剩了内衣。

"我来给您擦擦背,可以吗?"阿辰异常恭敬地说。

"不劳驾你了。"宫子接过阿辰拧好的毛巾,伸出双腿,从脚上开始,一直擦到趾缝间。阿辰把宫子脱下的袜子展平、叠好。

"好了,这个得洗一下。"宫子把毛巾丢给阿辰。

幸子一上楼,就在隔壁四叠房间的门槛边俯首请罪,她的举止可爱中带着点儿滑稽。

"我去找过了,没看到您丢的手提包。"

阿辰对待宫子,有时异常殷勤,有时极其粗心,有时黏黏糊糊、熟不拘礼。尽管她自己如此善变,对女儿却在礼仪礼节方面严加管教。有田老人回来的时候，她教幸子要给老人系鞋带。患有神经痛的有田老人，有一次用手撑着蹲在地上的幸子的肩膀站起来。阿辰企图让幸子把老人从官子那里撬过来，这一点官子早就识破了。但阿辰是否教唆十七岁的幸子这么做，她却不得而知。她曾让幸子喷香水，官子问起这么做的原因时，她说："是因为这孩子体臭太严重了。"

"让幸子去派出所报案怎么样？"阿辰穷追不舍。

"你够热心的啊。"

"您不觉得太浪费了吗？包里有多少钱啊？"

"没钱！"官子闭上眼睛，用冷毛巾盖住，一动不动。她觉得心跳又加速了。

官子有两张存折。一张是以阿辰的名义开立，并由她负责保管的，有田老人并不知情。这是阿辰给官子出的主意。

官子从自己名下的存折支取了二十万日元的，她没有告诉阿辰。一旦有田老人有所察觉，恐怕会问起钱的下落。所以她不能冒冒失失地去报案。

对于官子来说，把自己年轻的身躯交给一个风烛残年的老头摆布，浪费自己如花般短暂的生命，以此为代价才换得二十万日元。这是青春的补偿，是自己的血汗钱。钱掉落的那一刹那，官子也就失去了这一切。这简直令她难以置信。而且，如果钱是花掉的话，事后尚可回忆起用在哪里了。可要是攒下来的钱白白丢失了，想起来都会心痛。

可是，失去那二十万日元时，官子也不是没有过片刻的战栗。那是种快乐的战栗。与其说官子是因为恐惧跟踪而来的男人而逃跑，不如说她是震惊于突发的快感而转身。

当然，宫子不认为是她自己把手提包弄丢的。正如银平并不确定她到底是用手提包殴打自己，还是把手提包扔向自己一样，宫子也不明白自己是用手提包打他还是丢他。但手上的反应是很强烈的。她感到手上热乎乎的，有点儿麻，这种感觉传至手臂、胸膛，全身被刺痛般的恍惚所麻痹。被男人跟踪的过程中，郁结在内心的东西像是顿时燃烧起来了。被隐藏在有田老人阴影之下的青春瞬间复活，是一种复仇般的战栗。在那种情况下，对宫子来说，长年累月积攒下二十万日元的自卑感，像是瞬间得到了补偿。因此，钱并非白白失去，而是付出了相应的代价。

然而事实上与那二十万日元好像又没什么关系。用手提包打那个男人也好，扔那个男人也罢，当时的宫子已全然忘记包里还装着钱。甚至都没有察觉到，手提包已经脱离了自己的手。不，自己掉转身逃跑时也没想起来。从这个意义上说，宫子丢掉手提包的做法是正确的。另外，朝男人扔出手提包之前，宫子其实已经把手提包连同二十万日元现金都忘记了。当时，被男人跟踪的想法在宫子的心中激起波澜。就在这股波澜猛然撞击的一瞬间，手提包就丢失了。

宫子迈进了自家的大门，那种快乐的麻痹感依然残存着。为了掩饰自己的情绪，她径直上了二楼。

"我想脱光，请你到楼下去吧。"

宫子用毛巾从脖子擦到手臂，对阿辰说。

"到浴室去洗洗怎么样？"阿辰用怀疑的眼光看了看宫子。

"我不想动。"

"是吗？但是，在药店前——从电车道过来后才丢的，这一点能够确定吧？那我还是到派出所去问问……"

"我不知道在哪里丢的。"

"为什么？"

"因为我是被跟踪的……"

宫子想早点儿把阿辰打发走，把那一点儿残存的战栗擦掉，竟不小心说漏了嘴。阿辰瞪大了她的圆眼睛。

"又被跟踪了？"

"是啊。"宫子态度突然变得严肃。可是既然已经说出了口，那一点儿快乐的尾巴便倏忽消失殆尽，只余下冷汗般的难受。

"今天你是直接回家的吗？不会是带着男人到处逛，才把手提包给逛丢了吧？"

阿辰转头看着还坐在原地的幸子："幸子，你在发什么呆啊？"

幸子像被强光闪到了似的眯起眼睛，一只脚在门槛上打个趔趄，红了脸。

但宫子经常被男人跟踪的事，幸子是知道的。有田老人也是知道的。

在银座的马路中间，宫子悄悄对老人说："我好像被人跟踪了。"

"什么？"老人刚要回头，立刻被宫子制止。

"别看！"

"不能看？你怎么知道被跟踪了？"

"我知道。刚才从前面过来，戴着蓝色帽子的高个子男人。"

"我没注意。跟我们擦肩而过的时候打暗号了吗?"

"您糊涂了吗?您是要我去问他:你是路过我身边的人,还是闯入我生活的人吗?"

"你开心吗?"

"要不真去问问吧……嗯,我们打个赌,赌他会跟到哪里。我好想打赌啊,不过跟着个拄拐杖的老人可不行。您去那边的布料店看着。如果那个男人跟着我走到那一头,再折回到这里,您就输给我一条夏天的白色西装裙,不是麻料的哦。"

"如果是你输了呢?"

"那我就整夜让您枕着我的胳膊睡。"

"你可不许回头或者跟他搭话哦。"

"没问题。"

有田老人料到自己会输给宫子。老人想,即便输了,宫子也会让自己整夜枕着她的胳膊睡吧。可是,自己都睡着了,枕没枕着谁又知道呢?想到这里,老人苦笑一下,走进了男装布料店。他目送着宫子,以及跟踪她的男人,心中竟不可思议地激荡起青春的朝气。那不是嫉妒,嫉妒是不允许的。

老人家中有一位美女,名义上是个女管家。她比宫子大十多岁,已年过而立。年近七旬的老人枕着两个年轻女人的胳膊,让她们环抱着自己的脖子,含着她们的乳头,她们便有了一种母亲的感觉。对于老人而言,能够使他忘却这世间恐怖的唯有母亲。女管家和宫子都知道对方的存在。老人恐吓宫子,如果她们俩嫉妒对方,自己可能会因为过于恐惧而变得狂暴,从而加害于她们,也可能会引发心脏麻痹而

109

猝死。这么说也许是老人信口开河,但他有被害妄想症,心脏衰弱,官子也是知道的。因为她在老人需要的时候,会用柔软的手掌静静地按住他的胸口,有时将美丽的脸颊轻轻地贴在他的胸口上。但那个名叫梅子的女管家却未必不会嫉妒。有田老人一去官子家,讨好官子的日子,便是梅子醋劲大发的时候,官子凭着经验多少能察觉出来。年轻如梅子,竟还会为这么个老人而嫉妒吗?官子觉得可悲,产生了厌世的情绪。

有田老人经常在官子面前夸梅子是个"家庭型"的女人。因此,官子察觉他或许在自己这里追求的是妓女般的感觉。但老人无论在官子还是梅子身上,明显渴求的都是母性的东西。有田的生身父母在他两岁时离婚,接着家里就来了继母。这件事老人对官子重复说过好几遍。

"就说继母吧,要是来的能是官子或梅子这样的女人,我该有多幸福啊。"老人对官子撒娇似的说。

"那可说不定哦。我这种人是会虐待继子的。您肯定是个讨人嫌的孩子吧。"

"我可爱着呢!"

"为了补偿被虐待的继子时代,您在这把年纪找了两个好母亲,您不觉得幸福吗?"官子带着几许讽刺的口气说道。

"确实如此啊,我万分感谢。"

有什么可感谢的?!官子感受到一种类似愤怒的情绪,但一个勤勉的老人年近七旬还能有如此状态,官子是不是能从中悟出一点儿人生的道理呢?

有田老人生性勤勉，对宫子懒散的生活十分焦虑。宫子一个人待着的时候无所事事，整天漫不经心地等着老人到来，青春的活力逐渐流逝。那个女佣阿辰干劲儿十足究竟为的是什么？宫子十分不能理解。老人旅行，常常由宫子陪伴，阿辰便教她在房费上做手脚。也就是在账单上多开名目，等付清之后，再让旅馆把虚开的金额退还给宫子。即使有旅馆愿意这么操作，宫子也觉得自己太惨了。

"那么您就从茶钱和小费里抽一点儿嘛！夫人您请到隔壁间去结账。老爷是个体面人，茶钱和小费多要一点儿，肯定不成问题。去隔壁房间之前，有三千日元就抽一千日元。藏在腰带或胸罩里，没人会发现的。"

"哎呀，还是算了。这也太小气，太鸡毛蒜皮了……"

可是，算算阿辰的工钱，大概就不是鸡毛蒜皮了吧？

"这可不是鸡毛蒜皮哦。攒钱这种事，就是要积少成多。我们这种妇道人家……攒钱就得靠日积月累才行啊。"阿辰竭力劝说着。

"我是站在夫人您这边的。我怎么忍心看着老头子轻易吸干您年轻的血汗呢？"

每次有田老人一来，阿辰连声音都变了，简直跟混迹风月场所的女人一样。刚才那番话，在宫子听来毛骨悚然。宫子觉得寒心，然而比阿辰的声调和话语更让她寒心的，是想到青春年华如日积月累积攒钱财，或与之相反，消逝如岁月飞驰。

宫子和阿辰的出身完全不同。战败之前，宫子一直生长在温室之中。以她的心智，全然不会想到要从旅馆房费中抽取油水。她觉得这也证明，唆使她这样做的阿辰平时都在克扣零星用度。就拿买一盒感

111

冒药来说，阿辰出去买和打发幸子去买，花费就有五日元、十日元之差。如此日积月累，阿辰究竟攒了多少钱呢？宫子有时也好奇，想从幸子的嘴里打听一二。阿辰从不给女儿零花钱，想来也不会给她看存折。反正也没什么了不起，宫子根本不屑一顾，可她对那种如蚂蚁般积少成多的毅力又不能视而不见。无论如何，阿辰的生活是健康的，宫子的生活是病态的，这一点可以肯定。宫子在消耗着自己的青春美貌，而阿辰活在这世上却没有消耗掉自己的任何东西。宫子听说阿辰曾被战死的丈夫折腾惨了的时候，她内心有种莫名的快感。

"他没有把你弄哭吗？"

"当然哭了……就没有一天不哭到眼睛红肿的。他扔过来的火筷子扎进幸子的脖子里，现在都还留着块小疤呢。就在后脖颈，您看了就知道了。我觉得那块伤疤是最好的证据。"

"什么的证据……"

"小姐您还问什么呢？……想说也说不明白的呀。"

"可是，连阿辰你这样的人都会被欺负，这男人还真是不简单啊。"宫子装傻充愣地说。

"可不是嘛。不过啊，您想想，那时候我就跟被狐狸精迷住了似的迷恋我丈夫，一心一意对他好……现在把狐狸精甩掉了，真是太好了。"

阿辰的话让宫子想起了自己的少女时代，想起那个被战争夺去初恋情人的少女的身影。

宫子出生在一个富裕的家庭，或许正因如此，她对金钱没有多少欲望。对于现在的宫子而言，二十万日元虽说是笔巨款，但既然丢了也就丢了。宫子一家在战争中失去的东西，却不是这二十万日元堪比的。当然，宫子是赚不到这二十万日元的，她是出于需要才从银行支取这笔钱。有一点宫子深感不解：捡到钱的人如果要送还给自己，以二十万日元之巨，应该会见诸报端。包里有银行存折，查得到失主的姓名和地址，捡到钱的人完全可能直接送上门，或通过警察告知自己。这三四天宫子都在留意看报纸，她觉得跟踪她的那个男人知道自己的姓名和地址。果然还是那个男人偷走的吧？如果不是的话，他会把手提包捡起来，或者即使没捡，也应该会继续跟踪自己啊。难道他被手提包打中，吓得逃跑了吗？

宫子丢失手提包，是在银座让有田老人给自己买夏季白色布料之后的一周。那一周时间里，老人都没有来过宫子家。再次见到老人，是手提包事件过后的第二天夜里。

"哟，您回来了！"阿辰兴冲冲地迎上前去，接过湿漉漉的雨伞，说道，"您是一路走过来的吗？"

"嗯。这天气真让人不省心啊。大概是梅雨吧。"

"您很痛吗？幸子、幸子……"阿辰喊，"啊对了，我让幸子去洗澡了。"阿辰说着，赤脚跳下去为老人脱鞋。

"要是洗澡水烧好了，我打算洗个澡暖和暖和。这天气湿漉漉的，今天冷得都不像这个季节了。"

"感觉不舒服了吧？"阿辰说。横在小眼睛上方的短眉毛蹙了蹙，"哎呀，我做了件错事。不知道您回来，我让幸子先去洗澡了。这可怎么办才好？"

"没关系的。"

"幸子！幸子！快点儿洗好出来。把澡盆面上那层水舀掉，弄干净点儿……那边也好好冲一下……"阿辰急急忙忙走了，在炉子上架好烧水壶，点燃澡盆的煤气，很快又走回来。

有田老人仍然穿着雨衣，伸出腿揉搓着。

"您洗澡的时候，让幸子给您按摩按摩吧？"

"宫子呢？"

"哦，夫人说她去看看新闻片就回来……就是去那种只放映新闻片的电影院，所以很快就会回来。"

"请帮我叫个按摩师来吧。"

"好的。就是之前那个……"阿辰说着站起身，把老人的衣物拿过来。

"幸子，洗完澡换上吧。"阿辰又叫了一声。

"那我去把她叫出来。"

"她洗好了吗？"

"嗯，已经……幸子！"

大约过了一个小时，当宫子回来时，有田老人已经躺在二楼的床上，一个女按摩师正在为他按摩。

"好痛！"他低唤着。

"这么让人难受的雨天，您还出门哪？再去洗个澡，可能会松快些。"

"嗯。"

宫子不由自主地倚住衣橱坐了下来。她大约有一周没见到有田老人了，他脸色苍白，尽显疲态，脸上和手上浅褐色的老人斑愈加明显了。

"我去看新闻片了。看了新闻片,人就变得生气勃勃了。去的路上我本想算了,要不去洗洗头吧,可是美容院已经关门了……"宫子说完,看着老人刚洗过的头。

"护发液真香啊。"

"幸子喷了好多香水。"

"听说她体臭很厉害。"

"嗯。"

宫子走进浴室洗了头。她把幸子叫进去,让她用干毛巾给自己擦头发。

"幸子的脚好可爱呀。"宫子的手肘原本支在膝盖上,此时她伸出一只手,去摸幸子的脚背。幸子微微发着抖,传到宫子裸露的肩膀上。大约是遗传了阿辰的秉性,幸子的手脚也有点儿不干净。宫子的东西她只拿过一些小物什,诸如丢在纸篓里的旧口红,缺了齿的头梳,掉落的发卡之类。宫子也清楚,对自己的美貌,幸子是羡慕和向往的。

洗完澡,宫子换上白底蓟草花纹的浴衣,外面披了件褂子,开始为老人按摩双腿。她心想,要是自己住进老人的家里,恐怕就得每天给他按腿了吧。

"那位按摩师,手艺好吗?"

"差得很!还是到我家去的那位手艺好啊。一来手艺娴熟,二来态度也认真。"

"那位也是个女的吧?"

"是啊。"

一想到在老人的家里,女管家梅子也每天为老人按摩,宫子就厌恶地松了劲儿。有田老人抓住宫子的手指,贴近坐骨神经末梢的穴位。宫子的手指弯了起来。

"像我这样细长的手指,按起来大概不舒服吧。"

"是……也未必是。年轻女孩的手指太好了,充满了爱的情意。"

宫子的背上一阵战栗,她松开了按住穴位的手指,复又被老人抓住。

"像幸子那样短短的手指不是很好吗?要不让她学学怎么给您按摩?"

老人沉默不语。宫子突然想起雷蒙·拉迪盖①在《魔鬼附身》中的对白。她是在看过电影之后才读了原作。女主人公玛尔特说过"我不愿使你一生不幸。我哭了。可是对你来说,我就是个老太婆。""这爱的语言,正如孩童般值得珍惜。从今往后,无论感受到怎样的热情,一个十九岁的姑娘也绝不会因说自己是老太婆而哭泣,再也没有什么能够比这种纯情更打动人心。"马尔特的情人才十六岁。十九岁的马尔特远比二十五岁的宫子年轻。委身于垂暮老人,消磨了青春的宫子读到这里时,感觉受到了极大的打击。

有田老人总说,宫子比实际年龄年轻。这不完全出自老人的偏爱,无论谁见到宫子都会有同感。但宫子也能感觉,有田老人之所以

---

① 雷蒙·拉迪盖,法国作家。

说自己年轻，是他对自己的年轻怀着喜悦和贪慕之情。令老人害怕和悲伤的，是少女感从宫子的容颜中消逝，以及紧致的身体变得松弛。年近七旬的老人希望二十五岁的情人保持年轻，这种事想想便觉得怪异且龌龊。但宫子不知不觉竟忘了责备老人，有时倒好像反而受他影响，也渴望起自己的年轻来。在渴望宫子的年轻的同时，奔七的老人也渴望着从二十五的宫子身上得到母爱。宫子虽无意回应老人这一点，却也并非没有产生过身为母亲的错觉。

宫子用拇指按压住老人的腰，同时支起了手臂，作势要骑上去。

"你就骑到我腰上来吧。"老人说，"轻轻地踩在上面吧。"

"我不想……让幸子来怎么样？她个子小，脚也小，应该可以的。"

"她还是个孩子，会不好意思的。"

"我也觉得不好意思啊。"宫子边说边想，幸子比马尔特还小两岁，比马尔特的情人大一岁。那又是什么意思呢？

"是因为您上次打赌输了，才不来了的吗？"

"上次打的赌吗？"老人边说边像甲鱼似的转动脖子，"不是啦，是神经痛犯了。"

"因为到您家上门的按摩师手艺好吗？"

"嗯。哦，也可能是这原因吧。还有啊，就算我打赌输了，你也不让我枕着你的手臂……"

"好吧，就依您。"

宫子心里也很清楚，有田老人让她按摩腰腿，把脸埋在她的怀里，光是这些带来的快乐就已经餍足了他这个年龄的需求。繁忙的老人将在宫子家中度过的时光称作"奴隶解放"时间,然而这个词却让宫子觉得,这才是自己的奴隶时间呢。

"你洗完澡只穿件浴衣,小心着凉。可以了。"老人说着翻过身来。宫子如他所愿的,让他枕着自己的手臂。宫子早就对按摩不耐烦了。

"可是,你被那个戴蓝帽子的男人跟踪,心里是什么感觉?"

"感觉可好了,跟帽子的颜色没关系啦。"宫子故意提高声调,眉飞色舞地说。

"如果只是跟踪,戴什么颜色的帽子是无所谓的……"

"前天也是,我被一个奇怪的男人跟踪到药店那里,还丢了个手提包,太可怕了。"

"什么?一周之内被两个男人跟踪?"

宫子让有田老人枕着手臂,点了点头。老人倒没有像阿辰那样,对她走路时丢了手提包大惊小怪。或许是因为对宫子被男人跟踪的事过于惊诧,以至于无暇去怀疑其他。

老人的惊诧多少令宫子心生快意,连带着身体也感到了轻松。老人把脸埋在她的怀中,用手将那温热的胸贴在自己的太阳穴上。

"你是我的。"

"是啊。"宫子像个孩子一样回答,然后一动不动,眼泪扑簌簌掉落在老人白发苍苍的头上。

灯熄灭了。也许手提包已经被那个男人捡走了吧,在他决定跟踪宫子的那一瞬间,那张似要哭出来的脸浮现在黑暗之中。

那男人像是"啊"的一声叫了出来,本不可能听见的宫子却听见了。

与她擦肩而过的男人猛地刹住脚步，回过头的那一瞬，官子的头发、耳朵，甚至脖子上的皮肤都被激起一股刺骨的悲伤。

他"啊"的一声叫了出来，头晕目眩，险些倒地。如此情景，本不可能看见的官子却看见了。这声叫喊，本不可能听见的官子却听见了。在官子回头看到男人将哭未哭的脸的瞬间，他便决定要跟踪她了。那男人好像意识到了悲伤，却迷失了自己。官子当然没有迷失自己，却感到一个影子从男人体内脱离，遁入了自己的身体。

官子起先只是回头瞥了一眼，后来再没有回望身后，她不记得那个男人的长相。此刻只有那张模糊不清、将哭未哭、扭曲的脸浮现在黑暗之中。

"你真是有魔力啊。"有田老人过了片刻才喃喃自语道。

官子泪流不止，默不作声。

"你是个有魔力的女人啊。那些各式各样的男人跟踪你而来，你自己不害怕吗？眼睛看不见的妖魔住在这里面。"

"好痛！"官子把胸一缩。

官子想起她在如花的少女期，胸部因发育而作痛的时候。那时纯洁无瑕、裸身的自己，似也出现在眼前。虽说她的身体显得比实际年龄年轻，但也已完全是个女人的身体了。

"净说些心术不正的话，难怪要神经痛。"官子回敬老人荒唐的言论。她心想，随着身体的变化，纯真的少女也变成了一个心术不正的女人了。

"我哪里心术不正了？"有田老人一本正经地说，"被男人跟踪，你觉得有意思吗？"

"没意思。"

"你不是说感觉很好吗？跟着我这样的老头子，你大概是心里怨恨，想报复吧？"

"我要报复什么？"

"嗯……对你的人生，或者你的不幸吧。"

"感觉很好也好，没意思也罢，都不是那么简单的事情啊。"

"是不简单哪。报复人生可不是什么简单的事。"

"要是那样的话，您陪着我这样的年轻女人，是要报复人生吗？"

"嗯？"老人一时语塞，旋即又说："不是什么报复。如果非要报复的话，我可能是会被人报复的一方，也可能是正在遭受报复的一方。"

宫子并不仔细听老人说话。她心里在盘算着，既然已经说自己丢了手提包，那要不干脆明说里面装着很多钱，让有田老人补偿自己吧？可二十万日元也太多了。该说多少才好呢？虽说是向老人要的钱，但也是自己的积蓄，任由自己支配。倒不如说是用来供弟弟上大学，更容易向老人开口要。

宫子从小就被人说，要是她能和弟弟启助互换性别，做个男人就好了。可是自从被有田老人包养之后，或许是失去了希望的缘故吧，她变得懒惰成性，胆小怯懦。虽然她在某一本书里读到过"为人妾者纠结于姿色，为人妻者则不事计较"这样的古话，却仍感觉前途无光，内心凄凉。连对自己美貌的骄傲都丧失了。被男人跟踪时，这种骄傲似有抬头。但宫子也很明白,男人跟踪自己不完全是为了她的美貌。正如有田老人所说,也许是她的身上散发着一股魔力吧。

"可是太危险了啊。"老人说,"不是有种叫作鬼捉人①的游戏嘛,一次次被男人跟踪,不就像恶魔捉人游戏?"

"也许是吧。"宫子老实回答,"或许人类中有一种魔族,是另一个魔界般的存在。"

"你感知到它了吗?你真的好可怕啊。可别犯错,不得善终哦。"

"在我的同胞手足中,可能有这种情况。就拿我那个乖得像个女孩子的弟弟来说,他还写了遗书呢。"

"为什么?"

"这事很无聊的。我弟弟本想同他的好朋友上同一所大学,可是自己又上不了。不过就是这么回事……今年春天发生的。那个同学叫水野,家境好,人聪明。他答应过,考试时如果有可能就告诉我弟弟答案,还可以写两份答卷。我弟弟成绩也不算坏。可他胆小,生怕在考场上犯脑贫血,结果真就犯了脑贫血。就算考过,也没指望上大学,所以他就更害怕了。"

"你之前没跟我说过这件事啊。"

"跟您说了也没用呀。"宫子停顿片刻,接着说:"那个水野同学有能力,他是没问题的。可我母亲为了让弟弟上学可是花了好多钱呢。为了庆祝弟弟升学,我也在上野请他们吃晚饭,一起去动物园赏

---

① 日本传统的儿童游戏。猜拳输者为鬼,被罚追其他儿童。

了夜樱。我弟弟、水野同学，还有水野的女朋友……"

"什么？"

"说是女朋友，其实才十五岁，周岁……在赏夜樱的动物园，我也被男人跟踪了。那个人直接丢下自己的妻子和孩子，跟踪起我来。"

有田老人显得十分诧异："你为什么要做这样的事呢？"

"我要做这样的事？！我羡慕水野同学和他女朋友，只是看起来悲伤而已。不是我的过错呀。"

"不，就是你的错。你不是很开心吗？"

"您这么说太过分了！我哪里开心了？丢手提包的时候，我很害怕，所以才用手提包揍那个男人。也可能是扔给了他。我当时整个人都蒙了，现在也没明白是怎么回事。手提包里面还装着我一大笔钱。我母亲要供弟弟上大学，正在为向父亲的朋友借钱伤脑筋。这时候我想给母亲点儿钱，就从银行取了一笔出来，没想到回家的路上就……"

"包里装了多少钱？"

"十万日元。"宫子脱口而出，说了个半数，自己也吓了一跳。

"嗯……金额不小啊。也就是说，被那个男人抢走了？"

宫子在黑暗中点了点头。她肩膀抽动，心跳加速，老人也感觉到了。可是宫子因为只说了个半数，而感到更加屈辱。那是掺杂了某种恐惧感的屈辱。老人的手温柔地爱抚着宫子。想到只有一半得到了补偿，宫子又流下泪来。

"不要哭了。可是，这种事如果不断发生，将来是要犯大错的。

被男人跟踪的事,你不觉得自己说的前后净是矛盾吗?"有田老人语调平静地责备她。

老人枕着宫子的手臂睡着了,宫子却无法入睡。梅雨淅淅沥沥下个不停,如果只是听他睡着时的鼻息,好像猜不出有田老人的年龄。宫子抽出了手臂。这时,她用另一只手将老人的头悄悄抬了抬,却没有把老人吵醒。这个厌女的老人躺在女人身边,不如说是依靠着女人,睡得如此安稳。正如刚才老人说的,宫子的话里净是矛盾,她自己随之也变得可憎起来。有田老人讨厌女人的原因,虽然他从来缄口不提,宫子也是知道的。老人三十多岁时,他的发妻因为不堪嫉妒而自杀。从此,也许是对女人嫉妒心的恐惧深入了他的骨髓,只要看到女人嫉妒的神色,他便会避之唯恐不及。无论是出于自尊心,还是出于自暴自弃之心,宫子本意上都不想嫉妒有田老人。但她毕竟是女人,一旦失言说出带有嫉妒意味的话,老人便面露厌恶之色,将她的嫉妒封印住。宫子深感落寞。但老人对女人的讨厌,似乎不全然归咎于女人的嫉妒,也不像是因为他上了年纪。对于本性就讨厌女人的人,宫子总是嗤之以鼻,女人有什么好嫉妒的呢?但一想到有田老人与自己的年龄差便觉得,说什么老人讨厌或喜欢女人之类的话很是奇怪。

宫子想起,自己曾羡慕过弟弟的朋友及其女朋友。水野有个名叫町枝的女朋友这件事,宫子是从启助那里听说的。在庆祝弟弟他们升学的那天,她第一次见到町枝。

"从未见过那么清纯的少女啊。"在那之前,启助对宫子提到町枝时曾如此感叹。

"十五岁就谈恋爱,是不是有点儿太早熟了。不过也是呢,说是十五岁,虚岁也已经十七了。现在的孩子啊,十五岁谈恋爱还是有好处的。"官子改口说道,"可是阿启,女孩子是不是真的清纯,你怎么知道呢?从外表是看不出的吧。"

"我就是知道。"

"那你说说看,什么样才是女孩的清纯?"

"这种事怎么说得清楚呢?"

"因为你认为她清纯,她就是清纯的了吧。"

"姐姐你见了她就明白了。"

"女人心机可深了,哪像你那么心思单纯。"官子告诫启助。

或许是这番话对他起了作用,官子在母亲家中第一次见到町枝时,见启助脸红心慌,表现得比水野还明显。因为官子不能邀弟弟的朋友来自己家,所以决定在母亲家会合。

"阿启,姐姐也觉得那姑娘不错。"官子在里间,一边为启助试穿新校服一边说。

"是吗?哎,忘穿袜子了。"启助说着,坐了下来。官子展了展藏青色的百褶裙摆,也在他面前坐下来。

"姐姐也会为水野祝福吧?所以我才让他带着町枝一起来的。"

"嗯,姐姐祝福他。"

启助大概也喜欢町枝吧,官子猜想,觉得懦弱的弟弟真是可怜。

"水野家里恐怕反对他们的事,为这还给町枝家写了封信……听说信的内容写得很过分,惹得町枝的家人大发雷霆。就说今天吧,町枝是偷偷来的。"启助说得兴致勃勃。

町枝穿一身女学生的水手服。她带来了一小束香豌豆花,说是为了庆祝启助升学。花插在启助书桌上的玻璃花瓶中。

官子计划去上野公园赏夜樱,因此请大家在上野的中国餐馆用餐。公园里人山人海,几无旋身之地。樱树凋残,花枝零落。但在灯光的照耀下,粉红的花色依然鲜浓。町枝很少说话,不知是本就寡言,还是忌惮官子。她只是谈起自家院子中,修剪过的杜鹃花枝头上,散落着片片樱花瓣,一早便满目盎然。她还说,在来启助家的路上,看到护城河边的道路两旁遍植樱花树,夕阳像半熟的蛋黄般掩映其中。

清水堂旁的石阶上行人稀少,光线昏暗。官子对町枝说:"记得我三四岁的时候……折了纸鹤,就跟母亲一起来到清水堂挂起来。祈祷父亲的病能够好起来。"

町枝不接话,与官子一起在石阶上驻足,望向清水堂。

直通博物馆的道路被行人挤得水泄不通,她们转向动物园的方向。东照宫参道①两旁燃着篝火,二人走上了石板道。静立在参道旁的石灯笼被篝火映出一个个黑影,一簇簇樱花在其上方盛开着。前来赏花的游客三五成群,围坐在灯笼背后的空地上。人群中央各自点着蜡烛,照亮了他们摆设的酒宴。

醉汉踉踉跄跄走过来时,水野把自己当成一张盾牌,护卫着町枝。启助离他们稍远,站在醉汉和他们之间,作势要保护他们二人。官子抓住启助的肩膀,躲闪着醉汉,心想,启助哪里来这么大的勇

---

① 参拜神社、寺庙的道路。

气啊!

在篝火的映照下,町枝显得愈加美丽。她表情严肃,双唇紧闭,看起来像一个圣女。

"姐姐!"町枝说着,突然躲到宫子背后,几乎要贴在她的身上。

"你怎么了?"

"是我学校里的朋友……跟我父亲一起的。住在我家附近。"

"町枝你这都要躲吗?"宫子边说边和町枝一起回过头,无意中抓住了町枝的手。町枝就这么被紧抓着手,继续朝前走。宫子刚一触碰到町枝的手,差点儿就叫出了声。虽同为女性,她却感受到了无上的愉悦。不仅是光滑柔润的皮肤,还有那少女的美丽,都渗入了宫子的心中。

"町枝,你真幸福啊。"宫子只说了这么一句。

町枝摇了摇头。

"嗯?为什么呀?"宫子对町枝的回应大感吃惊,不禁看向她的脸。町枝的眼睛在篝火的映衬下闪闪发亮。

町枝沉默不语。她放开了手。宫子已经好几年没有与女性手牵着手散步了。

宫子经常与水野见面。那天夜里,她是被町枝吸引住了。看着町枝,宫子内心感到一股忧伤,仿佛要独自一人走向远方一般。即使是在路上与町枝擦肩而过的人,或许也会回头长久注视她的背影。男人跟踪宫子,莫非也是出于类似炽热的感情?

厨房里传出瓷器掉落或翻倒的声音,宫子这才回过神来。今晚老鼠又出来活动了。宫子犹豫着,要不要起身进厨房去看看呢?好像不止一只老鼠,说不定有三只。宫子想象着,老鼠身上也被梅雨濡湿了似的,她伸手摸一摸洗过的头发,默默地抑制着掌心的那股凉意。

睡梦中的有田老人痛苦地动了动,似是胸口憋闷。那抽动随即变得剧烈起来。宫子皱起眉头,心想,又来了!她远远地躲开他。老人经常被噩梦魇住,宫子早已习惯了。老人像即将被扼死的人一般,肩膀剧烈起伏,似要用双臂抖落什么。他狠狠地拍在了宫子的脖子上,不断发出呻吟声。虽然此刻把老人摇醒就好了,但宫子身体僵硬着,一动不动,一股近乎残忍的情绪涌上心头。

"啊!啊!"老人边叫喊边挥动着手臂,在梦中寻找着、摸索着宫子的身体。有时,只要他紧紧地抱住宫子,便能平静下来继续安睡。但今晚,他被自己的喊叫声惊醒了。

"啊!"老人摇了摇头,精疲力竭地依偎着宫子。宫子温柔地放松了自己的身体。每一次都是如此。

"您像是被噩梦魇住了呢。做了很可怕的梦是吗?"宫子连这样的话都不说。

可老人还是不安地问:"我有没有说什么梦话?"

"您什么也没说,只是像被噩梦魇住了。"

"是吗?你……一直没睡着?"

"睡不着。"

"是吗?谢谢你了。"

老人把宫子的手臂拉到自己的脖子下面。

"梅雨天更不行了。你睡不着,也是梅雨天闹的。"老人面露羞惭之色地说,"我还以为,是我叫得太大声,把你吵醒了呢。"

"就算睡着了,不也是一直要起来吗?"

有田老人的惊叫声,把睡在楼下的幸子都吵醒了。

"妈妈,妈妈,我害怕!"幸子吓得紧紧抱住阿辰。

阿辰抓紧女儿的肩膀,把她推开一点儿,说道:"有什么可怕的!不是老爷吗?老爷才害怕呢!因为有这毛病,老爷一个人睡不好。他连旅行都带着夫人,宝贝得不行呢。要不是因为有这毛病,他这个年纪也不需要女人。他就是做噩梦了,没什么可害怕的。"

六七个孩子在坡道上嬉闹玩耍,其中有男孩也有女孩。大概都是些学龄前的孩子,刚从幼儿园放学,正搭伴儿回家。其中两三个孩子手里拿着半截木棍,没拿木棍的孩子也假装拿着木棍。他们每个人都弓着腰,边装作拄着拐杖的样子,边打着拍子唱念:

"老爷爷、老奶奶,直不起腰……老爷爷、老奶奶,直不起腰……"

他们走得跌跌撞撞,唱词就那么几句,在他们嘴里重复着,也不知有趣在哪里。那个样子,与其说是在淘气,不如说是他们认真地沉醉于自己的行为。他们的动作越来越夸张,以至于其中一个女孩子脚下跟跄,摔倒在地。

"哇,好痛啊,好痛啊!"那个女孩子模仿老太婆的样子,揉着自己的腰,又站起来,重新加入集体唱念。

"老爷爷、老奶奶,直不起腰……"

坡道上耸着一个高高的土坝。坝上嫩草萌出,几株松树零零落落。松树并不高大,但在春日黄昏天空的映衬下,却也宛如画在旧时隔扇或屏风上的风景画。

孩子们步履蹒跚地爬上了通往黄昏天空尽头的坡道正中央。尽管他们走得步履零乱,这条道上却几乎没有危险的车辆通行,人影也稀稀疏疏。看来,在东京楼房鳞次栉比的住宅区,也不是没有这样的地方。

这个时候,只有一个牵着条柴犬的少女,从坡下一路走上来。不,并非只有她一人。桃井银平跟在这个少女的后面。但银平因过分专注于少女,已入忘我之境。他还能算作一个人吗?

道路一侧栽满了银杏树,少女在婆娑树叶的荫庇下漫步着。道路只有一侧栽种了行道树,也只有这一侧才设人行道。而在另一侧,柏油马路旁却赫然立着一座石墙。这是一栋大宅的石墙,从坡下绵延上坡。栽种行道树那一侧,坐落着战前贵族的宅邸,占地广阔,庭院深深。人行道旁挖了一条深深的沟渠,垒着一道石崖,或许是模仿护城河的样式修建的。沟渠对面有一道缓坡,栽种着小松树,从中可以看出之前被精心修剪过的痕迹。小松树林上方有一道白墙,墙身低矮,铺设屋瓦。路边高耸的银杏树嫩芽新萌,尚不足以遮蔽枝头。稀疏的枝叶,高度、方向各异,被筛过的夕阳照着颜色深浅不一,其鲜嫩胜似少女。

少女身穿白色毛衣,下着粗布长裤。被蹭成了灰色的裤脚卷起一个边,露出红色的格子,显得分外鲜艳。折短的长裤与帆布运动鞋之间,少女白皙的脚踝若隐若现。她的头发随意披垂着,衬得耳朵到脖颈处格外白皙而美丽。她牵着狗绳,肩膀微微倾斜。少女那奇迹般的魅力掳获了银平。从翻折的裤脚露出的红色格子与白色帆布鞋之间露出的白皙肌肤,足以使银平心中充满悲哀,以致其想自绝于世,或杀死少女。

银平想起昔日故乡的恋人弥生,以及曾经的学生玉木久子。但如今看来,她们与这个少女实在不可同日而语。弥生的皮肤虽然白皙,却没有光泽。久子肤色微黑,色泽滞重。她们都没有这位少女仙子般的极致之美。而且,同当年与弥生玩耍的少年银平,与久子接近的教师银平相比,如今的银平落魄潦倒,心力交瘁。虽身处春日黄昏,银平却似置身凛冽寒风之中,衰老的眼眶中蓄满泪水。小小的一段坡,他爬得气喘吁吁,膝盖以下酸麻无力,他没能追上少女。银平还未看到少女的脸。他原想至少能与少女并肩走到坡上,哪怕搭个讪,聊聊狗的话题也好。他简直不敢相信,天赐良机就在眼前。

银平展开右手掌挥了挥。这是他边走边激励自己的习惯。然而此刻,似有一种触感被唤醒。他手中捏着余温尚存的老鼠尸体,双目圆睁,口吐鲜血的老鼠尸体。那是养在弥生湖边家中的一条日本狸①在厨房捉到的老鼠。那狗叼着老鼠,不知如何处置,杵在原地。弥生的母亲对它说了些什么,拍拍它的头,它便乖乖地跑开了。

可是死老鼠掉在地板上,那狗又要跳起,扑将过去,被弥生抱了

---

① 日本的国家珍贵动物,在日本多用来搜寻水禽。

起来。

"好了,好了。你好棒!好棒呀!"弥生抚摩着它。随后,她命令银平道,"小银,把老鼠弄走!"

银平慌忙捡起地上的死老鼠,从它嘴里流出的鲜血滴落在地板上。老鼠尸体的余温令人恶心。虽说双目圆睁,却也是老鼠可爱的眼睛。

"快去扔掉啊!"

"扔在哪里?"

"扔到湖里去就好了呀。"

银平提着老鼠的尾巴,来到湖边,奋力向远处扔去。从深重的夜色中,传来"扑通"的寂寥水声。银平头也不回地逃回家去。弥生不就是舅舅的女儿吗?银平后悔不已。那一年,他才十二三岁。他做了一个梦,在梦里被老鼠吓坏了。

捉过一次老鼠的小狗,像对这事有了记忆似的,每天盯着厨房看。一旦人对它说了什么,它便像听见了老鼠声,飞奔向厨房。不见它踪影的时候,它一定蹲在厨房角落里。可它又不能像猫一样。抬头看见老鼠从棚架蹿上柱子,它就歇斯底里地狂吠起来,简直像老鼠附体一般,变得神经衰弱了。对这条连眼珠都变了色的小狗,银平也深感厌恶。他从弥生的针线盒里偷出穿着红线的缝衣针,伺机扎穿小狗薄薄的耳朵。时机最好选在离开这个家的时候。事后大家吵吵嚷嚷,看到穿着红线的缝衣针穿过狗耳朵,说不定会怀疑是弥生干的。可是,当银平把针扎进狗耳朵时,它立刻哀嚎着逃之夭夭,他最终未能得逞。银平把针藏在口袋里,回到自己家中。他把弥生和小狗都画在纸上，用那根穿着红线的针缝了好几针，放在书桌的抽屉里。

银平想跟牵狗的少女聊聊狗的话题，却由此想起了那条捉老鼠的日本猸。对于讨厌狗的银平来说，自然也不会说出狗的什么好话来。银平感觉，如果自己靠近牵狗的少女，一定会被狗咬。然而，他追不上少女却不是狗的缘故。

少女边走边弯下腰，将狗绳从柴犬的脖环上解下来。恢复自由的小狗一会儿跑到少女身前，一会儿又跑到少女身后。它越过少女，飞奔到银平的脚下，嗅了嗅他的鞋子。

"哇啊！"银平惊叫着跳了起来。

"阿福！阿福！"少女喝住了小狗。

"喂喂！请帮个忙！"

"阿福！阿福！"

银平的脸色变得苍白。小狗回到少女身边。

"啊，太可怕了！"银平踉跄着蹲了下来。虽然是为了引起少女的注意而故作夸张的效果，但银平的确感到头晕目眩。他闭上了眼睛，心跳剧烈，几乎要吐了。他一边按住额头，一边浅浅地抬起眼皮，只见少女给小狗系上了狗绳，头也不回地爬上了坡。一股激愤涌上银平的心头，令他既羞且恼。那条小狗嗅过银平的鞋子，它一定知道这双脚的丑陋。

"畜生，我要把那条狗的耳朵缝起来！"银平嘴里嘟囔着，跑步上了斜坡。可是在他追上少女时，他的怒气消失了。

"小姐！"银平用嘶哑的声音喊道。

少女只把头扭了过来，长发飘拂。那脖颈之美，看得银平苍白的脸竟燃烧了起来。

"小姐,这条狗真可爱啊。是什么品种的呢?"

"是柴犬。"

"是哪里的柴犬呢?"

"甲州。"

"是小姐您自己的狗吗?您每天都固定时间,带狗出来散步吗?"

"嗯。"

"都是在这条路上散步吗?"

少女没有回答,但也并不认为银平多么可疑。银平回头望向坡道下面。少女的家是哪一户呢?在新绿丛中,似有一户平静幸福的家庭。

"这条狗捉老鼠吗?"

少女没有一丝笑容。

"会捉老鼠的是猫,狗是不捉老鼠的。不过,也有会捉老鼠的狗哦。从前养在我家里的狗,可会捉老鼠了。"

少女看都不看银平一眼。

"毕竟和猫不一样,狗捉了老鼠但不吃它。我那时还小,最讨厌要去扔死老鼠了。"

银平一边说着连自己都讨厌的话,那只口中流出鲜血的死老鼠又浮现在眼前。他窥见了老鼠紧咬的白牙。

"虽说那是条日本猍犬,但那家伙哆嗦着弯弯的小细腿的样子,我很讨厌。狗和人都分三六九等。像这样和小姐一起散步的狗,可真幸福啊。"银平说。他大概是忘记了刚才的恐惧，弯下腰去抚摸狗的后背。少女立刻把狗绳从右手换到左手，让小狗躲开了银平伸过来的手。小狗的身影在银平的视野中移动着，他好不容易才压抑住想要去抱住少女的脚的冲动。少女一定是每天傍晚都要带着狗，爬上这条坡道，在银杏树的林荫下散步。就藏在这土坝上偷看这少女吧——银平内心瞬间涌起一股希望，让他打消了刚才那粗野的念头。银平松了一口气。他有一种鲜嫩之感，仿佛赤身横卧在嫩草上。少女将永远朝着土坝上的银平的方向，登上坡道而来，这是多么幸福的事啊。

"对不起。这真是条可爱的小狗，我也喜欢小狗……不过，我讨厌捉老鼠的狗。"

少女面无表情。坡道尽头就是土坝，少女和小狗爬上土坝，踩着嫩草走去了。在土坝的对面，一个男学生起身走过来。少女主动伸出手，握住了男学生的手。银平惊得一阵眩晕。难道那个少女是借着遛狗，到这里来与人幽会啊。

银平发现，少女那双黑眼睛是受了爱情的滋润才闪闪发亮的啊。他被这突如其来的震惊震得头皮发麻，他感到少女的眼睛像一泓黑色的湖水。银平多想在那清澈的眼睛中游弋，多想赤身在那泓黑色的湖水中游弋啊，一种奇妙的憧憬与绝望在银平的内心交织着。银平垂头丧气地向前走着，不久便爬上土坝，躺倒在嫩草上，仰望天空。

那个男学生是宫子弟弟的朋友水野，那个少女是町枝。宫子邀请町枝来为弟弟和水野庆祝升学，并且去上野赏夜樱，是在那之前十天左右的事情了。

町枝的眼眶几乎被黑瞳仁占满。水野也觉得，她乌溜溜的眼中那种濡湿般的光彩简直美极了。他看得入迷,仿佛就要被吸进去一般。

"早晨呢,我就想看你突然睁眼那一刻的眼睛。"水野说,"那个时候的眼睛该有多美啊!"

"一定是睡眼惺忪吧。"

"才没有的事呢。"水野不信,"我一睁眼就想见到町枝你啊。"

町枝点了点头。

"以前,我都是在醒来后两个小时以内,在学校才能见到你。"

"醒来后两个小时以内,你说过的。自你说过之后,每天早上我一醒来,都会想到两个小时以内。"

"那就不是睡眼惺忪了哦。"

"那谁知道。"

那深浓的黑瞳把少女的眉毛和嘴唇衬得更美了。发色与瞳孔的颜色交相辉映,简直光彩照人。

"你是借口遛狗从家里出来的吧?"水野探问。

"我没说。可是我牵着狗,看我这样子就该明白了吧。"

"在你家附近见面,这很冒险啊。"

"我不想欺骗家人。没有狗的话,我就出不来。就算出来了,带着难为情的脸色回去,家人一眼就能看出来。可是,你们家比我们家更容不下我们的事吧?"

"不说这些了。我们俩都是从家里出来,又要回家去的。在这里聊起家里的事怪无聊的。既然你是出来遛狗的,不好耽误太久吧?"

町枝点点头。两个人在草地上坐下来。水野将町枝的小狗抱到自己的膝盖上。

"阿福也认得你呢。"

"如果狗也会说话,它对家里人一说,从明天起我们就再见不了面了哦。"

"就算见不了面,我也会等着你。这样行了吧?我无论如何都要进你上的大学。这样一来,又能在醒来后的两个小时内……"

"两个小时以内吗?"水野嘟囔着,"总会有一天,不用等两个小时的那一天。"

"我妈妈说太早了,她不相信我。可我觉得早了是件幸福的事啊。在我更小更小的时候,我就想遇到你了。初中生时也好,小学生时也好,无论多小的时候,只要遇到你,我一定会喜欢上你。在我还是个婴儿时,就有人背着我爬上这条坡,让我在这土坝上玩耍。水野,你小时候没有走过这条坡吗?"

"好像是没有走过呢。"

"是吗?我常常想,在我还是个婴儿的时候,是不是在这条坡上遇到过水野你呢?所以我才会这么喜欢你……"

"我小时候要是走过这条坡就好了。"

"他们说我小时候很可爱。在这条坡上,我经常被陌生人抱起来。那时候我的眼睛比现在大多了。"町枝用她墨黑的大眼睛望向水野,"前些时候,各个中学不是都在办毕业典礼吗?从这条坡下往右走就是护城河,那里有小船出租。我牵着小狗走过时,能看见今年刚初中毕业的男孩女孩们,把毕业证书卷成卷拿在手里,坐在小船上。我想他们大概是为了纪念这离别的一刻,才来到这里划船的。我真羡慕他们啊。还有些女孩,手里拿着毕业证书,靠在桥栏杆上,看着朋友们划船。我初中毕业时,还不认识你呢。你那时跟其他女孩一起玩过吧?"

"我可没跟什么女孩一起玩过。"

"是吗?"町枝歪了歪头说道。

"天气转暖,小船下水之前,护城河上有些地方还结着冰,那里有好多鸭子啊。我记得我还研究过,踩在冰上的鸭子和浮在水面上的鸭子,究竟哪一个更冷呢?据说有人打鸭子,所以它们白天逃到这里来,到了傍晚才敢回到乡间的山里或湖里去。"

"是吗?"

"我还看见,庆祝五一节的红旗队伍,走在对面的电车道上。路旁的银杏树刚吐出嫩芽,飘飘扬扬的红旗穿行其中,我只觉得美丽。"

在两人站着的坡道下面,护城河已被填埋,改成了高尔夫练习场,供人在傍晚之后使用。练习场对面的电车道上,栽种着银杏树,黑色的树干在新芽之下显得特别醒目。黄昏的天空在树顶上被笼罩了一层桃红色的雾霭。町枝用手抚摸着小狗靠在水野膝盖上的头,她的手被水野紧紧包进了自己的手掌。

"我站在这里等你的时候,好像听到了手风琴声。我闭上眼睛躺下来了。"

"什么曲子?"

"嗯,好像是《君之代》。"

"《君之代》?"町枝吃了一惊,她靠近水野,"什么《君之代》，你不是没入伍吗？"

"我每天深夜都会听《君之代》。"

"我每天晚上都会对你道晚安呢。"

町枝没有把遇到银平的事告诉水野。她并没发觉，自己被一个可疑男人搭过话。她已经把这件事抛诸脑后。银平正趴在嫩草上，她若要看还是能看见的，但即使看了，大概也不会发现是刚才那个男人吧。而银平却不能不看他们两人。泥土的寒意渗入银平的脊背。或许是这个季节的气温正好处在穿冬大衣和薄大衣之间的缘故，银平并没有穿大衣。银平翻了个身，面朝町枝他们的方向。对于这二人的幸福，银平并不羡慕，而是诅咒。他闭了会儿眼睛，便产生了一种幻觉。他看见那两个人乘着熊熊的烈焰，在水上荡荡悠悠漂浮着。他觉得，这证明了他们的幸福是不会长久的。

"阿银，姑妈真漂亮哪。"

银平听见了弥生的声音。银平曾与弥生双双坐在湖岸边，樱花盛放的山樱树下。樱花倒映在湖面，小鸟啁啾之声可闻。

"姑妈说话时会露出牙齿，我可喜欢了。"

那样一个美人，怎么就嫁给了银平那丑陋的父亲呢？弥生或许是为她感到惋惜。

"父亲就只有姑妈一个手足。他说，阿银的父亲已经过世，就让姑妈带着阿银回娘家来吧。"

"我不要！"银平说完这话，脸涨得通红。

他究竟是为要失去母亲而懊恼呢，还是为能与弥生同一屋檐下生活的喜悦而感到羞涩呢？抑或是二者兼而有之？

那时，银平家里除了母亲之外，还有祖父母，以及离婚回了娘家的姑妈。父亲是在银平虚岁十一岁那年死在湖里的。因为头上有伤，有人说他是被人杀害之后丢进湖里的。也有人说他是喝了湖水溺死的，但也不排除在岸边与人发生争执，被推落湖中的可能性。在弥生家里，有人可恶地指桑骂槐，说银平的父亲用不着特意跑回妻子娘家的村里自杀之类。十一岁的银平下定决心，如果父亲是遭人毒手而死的话，自己不把凶手找出来誓不罢休。他来到母亲娘家的村里，在浮起父亲尸体的水面附近，躲进了茂密的胡枝子丛中，观察来往的行人。他想，杀害父亲的凶手总不会若其事地经过那里吧。有一次，一个男人牵着牛经过，牛突然发起了脾气，银平吓得大气都不敢出。有时白色的胡枝子花盛开，银平折下花带回家，夹在书页中，发誓一定要报仇。

"就说我母亲吧，她也不愿意回去的。"银平恨恨地对弥生说，"因为，父亲就是在这个村里被杀害的。"

弥生看着银平苍白的脸，吓了一大跳。

村里有人在传说，银平父亲的鬼魂会在湖边出没。还说只要经过银平父亲死亡的那段岸边，就会听见有脚步声尾随而来，回头看时却空无一人。鬼魂的脚是不会走动的，人拔腿跑远了，鬼魂的脚步声也就听不见了。但这些传言，弥生并没有告诉银平。

就连从山樱树的树梢传来的小鸟的叫声，也会让弥生联想到鬼魂的脚步声。

"阿银，我们回家吧。花朵倒映在湖面上，不知怎么的，让人好害怕呀。"

139

"没什么可怕的。"

"阿银，你没有仔细看呀。"

"你不觉得很美吗？"

银平抓住站起身的弥生的手，使劲儿往回一拉，弥生便倒在了银平的身上。

"阿银！"弥生喊了一声，弄乱和服的下摆，逃走了。银平追上前去。弥生喘不过气，停下脚步，猝不及防地搂着了银平的肩膀。

"阿银，你和姑妈一起到我家来吧。"

"我不要！"银平说着，紧紧地抱住了弥生，泪水涌出了他的眼眶。弥生也用蒙眬的泪眼凝望着银平，片刻之后她说："姑妈曾对家父说，'住在那样的家里，我也会死掉的。'这话被我听见了。"

那是银平唯一一次拥抱弥生。

众所周知，弥生的家，也就是银平母亲的娘家，早年起就是湖边一带的名门大户。母亲为什么会下嫁到银平家，那样一个门不当户不对的人家，其中是不是有什么隐情？银平对此事产生怀疑是数年之后的事了。那时，母亲已经告别银平，回到娘家。银平来到东京求学之后，母亲因罹患肺病而在娘家辞世，来自母亲的微薄的生活费也就此断绝。在银平家中，祖父也已去世，祖母与伯母依然在世。听说伯母收养了一个在婆家出生的女儿。但银平多年不与老家来往，也不知道她婚配与否。

银平觉得，跟踪町枝来此，躺在嫩草上的自己，与弥生家村子的湖岸边，躲在胡枝子丛中的自己，并没有什么变化。同一种伤感流淌在银平的内心。但他已经没有再认真地考虑为父报仇的事了。就算有人杀害了父亲,如今那人也已步入老年。如果一个年迈丑陋的老头来找自己,为犯下的杀人罪忏悔,自己会像摆脱了缠身恶魔一般痛快吗?当年在那里幽会的二人的青春还能回头吗?倒映在弥生家村子湖面上的山樱花,如今仍清晰地浮现在银平的脑海中,还有那波澜不惊、明镜一般的湖水。银平闭上眼睛,想起了母亲的脸庞。

就在银平闭着眼睛的时候,牵着柴犬的少女好像已经走下土坝。当他重又睁开双眼时,正看见男学生站在土坝上目送着少女。银平也猛然站了起来,目送着走下坡道的少女。夕阳的影子映在道边的银杏树叶上,越发深浓起来。已无行人路过,少女却连头都没有回。走在她前面的小狗扯着狗绳,急于回家。少女碎步小跑,真是美极了。明天傍晚,少女一定会再次爬上这条坡道。银平这样想着,便吹起口哨来,朝水野站着的地方走过去。即使被水野发现,银平也没有停止吹口哨。

"你真快活啊。"银平对水野说道。

水野不予理睬。

"我说你真快活啊,没听见吗?"

水野皱起眉头,看着银平。

"哎呀,别做出一副讨厌我的表情嘛。来这里坐下,我们聊聊吧。如果有人得到幸福,我也会羡慕他的幸福。我就是这种人,如此而已。"

水野背朝着他,正要离去。

"喂,别逃跑呀。我不是说要跟你聊聊的嘛。"银平说。

水野转向他,说:"我不是要逃跑。我跟你没话可说。"

"你以为我要敲诈你吗?那你可搞错了。来,请坐下吧。"

水野仍然站着不动。

"我觉得你的女朋友很漂亮。这也不行吗?她可真是个漂亮姑娘。你真幸福。"

"那又怎么样?"

"我想跟幸福的人聊聊。事实上,那姑娘长得实在太漂亮了,我是跟踪她过来的。看到她原来是跟你幽会,让我大吃一惊啊。"

水野吃惊地看着银平,刚想往对面走去,银平突然从背后把手搭在他肩上,说:"来,聊聊嘛。"

水野猛推了银平一下。

"浑蛋!"

银平从土坝上滚落下去,倒在下面的柏油马路上,右肩剧痛。他在柏油马路上盘腿坐了一会儿,然后按住自己的右肩站起来,重又爬上土坝。水野已然不见踪影。银平胸口堵得难受,喘着粗气坐下,突然趴了下去。

对于为什么要在少女回家之后,上前跟那个学生搭话,银平自己也觉得不可思议。虽然他边吹着口哨边走向那学生,但他恐怕是没有恶意的。看起来,他想与那学生聊聊少女之美也是真心实意的。假如那学生态度坦诚,他或许就能把他尚未察觉的少女之美告诉他。可是那学生却表现得很讨厌。

"你真快活啊。"银平冷不防冒出这句话,实在是太糟糕了。其实可以聊点儿别的。然而,被学生一把推下土坝,却让银平感到自己的无力,以及身体的衰弱,令他想要痛哭一场。他一只手抓住嫩草,另一只手抚摸着摔痛的肩膀，桃红色的晚霞像迷雾一般，蒙上了他眯缝起来的双眼。

从明天起，那个少女就不会再牵着小狗爬上这条坡了吧？不对，说不定到明天那个学生还不能联系到少女，那么她明天还是会出现在这条栽满银杏树的坡道上吧。但那学生已经认得自己了，他便不能再出现在这条坡道和土坝上。银平看了一圈土坝，没找到可以藏身的地方。那身穿白色毛衣，裤脚边翻折出红色格纹的少女，在银平的脑海中瞬间消失。桃红色的天空仿佛将银平的头发都染红了。

"久子，久子！"银平的嗓子发出嘶哑的声音，呼唤着玉木久子的名字。

他搭乘出租车去同久子见面，不是在晚霞满天的黄昏，而是在下午三点左右。但不知为何，镇上的天空却布满桃红色。透过车窗玻璃，银平眼中的小镇蒙上了一层浅蓝色。但从驾驶座旁被摇下的车窗外，却能看到不寻常的天色。

"天空是不是有点儿桃红色？"银平将头向司机的肩膀方向探出去，如此问道。

"是啊。"司机的回答带着无所谓的口气。

"是染上了桃红色吗？可这是什么原因呢？难道是我的眼睛有问题？"

"不是眼睛的问题。"

银平保持着探出头的姿势，他闻到了从司机旧衣服上散发出的气味。

自那之后，每次银平搭乘出租车，都会不自主地感觉自己眼前呈现出浅桃红色的世界与浅蓝色的世界。透过车窗玻璃看到的世界蒙着浅蓝色，而与此形成对比的，是透过驾驶座摇下的车窗玻璃，看到的桃红色的世界。他以为事情仅此而已，然而他意外地发现，天空，镇上的房屋的墙壁，道路，甚至连林荫树的树干上，都带上了桃红色。这令银平简直无法置信。在春、秋两季，出租车大多关闭客座旁的车窗，而打开驾驶座旁的车窗。尽管以银平的身份，做不到去哪里都搭乘小轿车，但每一次搭乘，他都会产生同样的感受。

而且，银平还形成了一种惯性思维，认为司机的世界是温暖的桃红色，而乘客的世界是冰冷的浅蓝色，乘客正是银平自己。当然，透过玻璃的颜色看到的世界是澄净的。在东京，无论天空还是街道都淤塞着灰尘，所以才是浅桃红色的吧。银平常常从后座上探出头，一边将手肘支在司机身后的椅背上，一边凝望桃红色世界的方向。浑浊的空气令他烦躁起来。

"喂，你！"银平真想一把揪住司机。这也许是对什么事表示反抗或挑战的预兆吧，一旦揪住司机，他就是个疯子了。银平逼近司机身后，目光咄咄逼人。但天光正亮，镇子和天空看上去一片桃红，他倒也没有让司机感到害怕。

而且，也没什么可害怕的吧。银平第一次透过出租车窗玻璃，发现浅桃红色和浅蓝色世界，是在去同久子见面的路上；他做出从司机背后探出头去的姿势，也是在去同久子见面的路上。坐在这种出租车上，银平总是会想起久子。在那个司机身上闻到旧衣服的气味之后不久，他就闻到了久子的蓝哔叽制服上的气味。在那之后，他从每一个司机身上都能感知到久子的气味，即便司机穿的是新衣服也是如此。

第一次将天空看成桃红色的时候,银平已经被学校解职,久子也已经转学。二人正偷偷地幽会。事发之前,银平曾担心过事情会演变至此,因而悄悄对久子说:"这是我们两个人的秘密,可不能告诉恩田同学哦……"

久子仿佛置身隐秘之所,双颊飞起红晕。

"秘密这东西,守住了就是甜蜜快乐,可一旦泄露了,就会变成可怕的复仇魔鬼,闹得天翻地覆哦。"

久子笑出了酒窝,冲着银平翻翻白眼,盯住了他。那是在教室走廊的一头,有个少女一跃而起,抓住窗户近旁的樱树枝,像玩单杠一样摆动着身体。树枝摇曳不停,隔着走廊上的窗玻璃,都能听到树叶摩擦之声。

"恋爱是两个人的事,绝不可有第三者介入哦。记住了,恩田同学现在已经是我们的敌人,她已经变成世人偷窥我们的眼睛,偷听我们的耳朵了。"

"可我说不定会跟恩田说的。"

"那可不行。"银平环顾四周,面露惧怕之色。

"人家很痛苦嘛。如果恩田关心我,问我小久你怎么了,我可就瞒不住啦。"

"你为什么需要同学的关心呢?"银平加重了语气地说。

"我一看到恩田,肯定会哭哇。昨天我回到家,用水冰了冰哭肿的眼睛,可是没用啊。要是夏天就好了,冰箱里就会有冰块。"

"你可不能不把这当回事。"

"可我就是很难过啊。"

"让我看看你的眼睛。"

久子顺从地将眼睛转向银平。那种眼神,与其说是她用这双眼睛看着银平,不如说是让银平看着她这双眼睛。银平感受着久子的肌肤,一言不发。

银平和久子确定这种关系之前,恩田信子曾想过要探听久子家庭的内情。据久子自己说,她对恩田是知无不言的。

但银平觉得恩田这个学生有些地方让自己难以接近。若向她打听久子的事吧,又可能会被她看穿自己的内心。恩田的成绩很好,但个性也很强。有一次在课堂上,银平给他们朗读福泽谕吉所写的《男女交际论》。

"川柳①有诗云:走二三百米,夫妇始相伴。"

接下来是:

"比如丈夫出门旅行,妻子依依惜别。妻子染疾,丈夫贴心看护。公婆便看不惯,是违背公婆之意。如此奇谈怪论并非没有啊。"

女学生们听了哄堂大笑,唯独恩田没有笑。

"恩田同学,你不笑吗?"银平问道。

恩田没有回答。

"恩田同学,你不觉得可笑吗?"

"我不觉得可笑。"

"你自己不觉得可笑,可大家都觉得可笑而笑了,你也笑笑难道不好吗?"

---

① 日本的一种文学形式。

"我不要这样。和大家一起笑是可以，但我觉得大家笑完之后，我不跟着笑也没什么不可以啊。"

"诡辩！"银平一本正经地说，"恩田同学说没什么可笑的，那么大家觉得可笑吗？"

教室里鸦雀无声。

"不可笑是吗？这是福泽谕吉在明治二十九年写的，在战后的今天读了也不觉得可笑，那就成问题了。"银平接着说。

话到一半时，他不怀好意地说："可是，有人见过恩田同学笑吗？"

"见过，我见过。"

"见过。"

"她经常笑啊。"

学生们哄笑着回答。

银平后来想，恩田信子之所以与玉木久子成为最好的朋友，或许是久子也把异于常人的性格暗藏起来了吧。久子的身上散发着一种魔力，诱使银平尾随其后。她暗藏在内心的东西，不是接受了银平的跟踪吗？久子这个女人像瞬间触电而战栗般地觉醒过来。久子委身于银平时的表现，恐怕是多数少女都有的吧，甚至令银平都感到一阵战栗。

对于银平来说，久子也许是他的第一个女人。在那所高中，身为教师的他，却爱上了自己的学生久子。银平觉得，在自己这半辈子中，那段时光是最幸福的。父亲尚在世时，年幼的银平对表姐弥生心怀憧憬，那无疑是纯洁的初恋，只是当时太过年幼。

银平无法忘记,在他九岁还是十岁时,因为梦见鲷鱼而得到过众人的表扬。故乡的大海里,一艘飞艇漂浮在那深黑色的波浪之上。他定睛一看,原来那是一条硕大的鲷鱼。鲷鱼是从大海里跳出来的,但它在空中飘浮了许久。不止一条。鲷鱼从四面八方的波浪间跳出来。

"哇,好大的鲷鱼啊!"银平大叫着醒过来。

"这是个好梦,真是个了不起的梦。银平会出人头地的。"人们这样口口相传着。

弥生在银平做梦的前一天,送给他一本绘本,上面画着飞艇。银平没有见过真的飞艇,尽管当时已经有飞艇了。大型飞机发展起来之后,现在已经没有飞艇了吧?银平做过的飞艇和鲷鱼的梦,在如今也已成往事。比起人们出人头地的解梦,银平更倾向把它当作他会与弥生结婚的预示。银平并没有出人头地,即便他没有当上高中国语教师,或许也不会有出人头地的希望。他既没有梦中那美丽的鲷鱼般跃出人海的力量,也没有飘浮于世人头顶苍穹之中的力量。或许注定要坠入黑暗的深渊吧,自他与久子暗度陈仓之后,幸福并未长久,沦落却快得很。正如银平警告过久子的,泄露给恩田的秘密会变成可怕的复仇魔鬼,闹得天翻地覆。恩田的告发毫不留情。

自那之后,银平尽量不在教室里看久子,但目光却不由自主地投向恩田的座位,这让他深感困扰。银平将恩田叫到校园的一个角落里,恳求她保守秘密,也威胁过她。但恩田对银平的憎恶,与其说是出于正义感,不如说是出于直觉的追查罪恶之心。即使银平对她诉说爱情之珍贵,她也断然驳道:"老师你真肮脏。"

"你才肮脏。把别人袒露给你的秘密泄露给其他人,还有什么比这更肮脏的呢？你的心肠里爬的难道是蛞蝓、蝎子和蜈蚣吗？"

"我没有泄露给任何一个人啊。"

可是没过多久，恩田给校长和久子的父亲都写了信。信是匿名的，据说署了"蜈蚣"的名字。

银平最后在久子选的地方与她幽会了。久子的父亲战后买的房子，在过去是地处郊外，但战前那些靠山而建的宅邸被烧毁，只留下部分钢筋水泥围墙。久子害怕被人发现，她喜欢在这围墙里面与银平见面。这片住宅区被烧毁之后，废墟上盖起了大大小小的房子，空地已不多，一段时期内令人恐惧的废墟景象和危险气息也消失了。那地方肯定已被人们遗忘了，蔓生的野草足够将二人淹没其中。还是女学生身份的久子，大概认为这里曾是自己的家，而为此感到安心吧。

久子很难给银平写信，而银平这方面也既不能给久子写信，也不能往她家里或学校里打电话，更不能托人捎带口信。因此，所有与久子联系的途径貌似都已断绝。他在空地的水泥围墙里侧，用粉笔写上留言，让久子来这里看。他们约定要写在高墙的下部，在野草的掩护下才不会被人发现。当然不能写得太复杂，最多只能写希望见面的日期和时间等数字，但这面墙却充当了秘密布告栏的角色。有时银平也会来看久子写的留言。如果久子决定了幽会的时间，她会用快信或电报告知银平。而如果是银平，则会提前好久把日期和时间写在围墙上，直到在上面看到久子应允的暗码。久子被家人监视，晚上绝少有机会出门。

银平第一次在出租车上看到浅桃红色和浅蓝色的那天，是久子约他出来的日子。久子蹲在靠墙的野草丛中等着他。"从这面墙的高度，不正看得出你父亲的残酷无情吗？围墙顶上说不定还插过玻璃碴和钉尖吧。"有一回，银平对久子这么说。从周围新盖起来的平房处，看不到围墙里面。但也许是新建筑样式的缘故，一户建的洋房虽然有二楼，却还是很低。即使从二楼探出身去，庭院有三分之一也是视野盲区。久子熟悉这一点，所以她就在墙边待着。大门像是木造的，没有被烧到，但因地块不在出售之列，大概也不会吸引好奇的人来此。下午三点左右就可以在这里幽会了。

"啊，你刚从学校回来吗？"银平说着，把一只手放在久子的头上，蹲了下来，靠近她，双手捧住她苍白的脸颊。

"老师，我没时间。家里人算得出来我从学校回家的时间。"

"我知道。"

"我跟家里说要留校参加《平家物语》的课外讲习，可家里不同意。"

"是吗？你等很久了吗？腿麻不麻？"银平把久子抱到自己的膝盖上，光天化日之下，久子有点儿不好意思，从他膝盖上滑了下来。

"老师，这个……"

"什么？是钱？怎么了？"

"我偷来给您的呀。"久子双眼发亮，"有两万七千日元。"

"是令尊的钱吗？"

"放在家母那里的。"

"我不需要。马上就会被发现的，赶紧还回去！"

"被发现的话，把家烧掉就好了。"

"你又不是八百屋阿七①……有谁会为了两万七千日元，把价值超过一千万日元的房子烧掉呢？"

"好像是家母背着家父存的私房钱，所以她不会嚷嚷的。我也是考虑了好久才偷出来的。偷出来了再还回去更可怕，我肯定怕得浑身发抖，被人发现的。"

银平收下久子偷来的钱，这不是第一次了。不是银平教唆的，而是久子自己的主意。

"可是，老师我好歹还能糊口。我学生时代有个朋友，是某公司社长的秘书，那社长姓有田，有时候他会让我代写社长的演讲稿。"

"有田……？那人叫有田什么？"

"是个老人，名叫有田音二。"

"哎呀，是我现在学校的理事长啊。他……家父就是托他帮我转的学。"

"是吗？"

"理事长在学校的发言，也是桃井老师代写的稿子吗？我怎么不知道呀。"

"所谓人生，就是这么回事。"

"是啊，皓月一出来，我就想老师大概也在赏月吧。遭遇风雨的日子，我就想老师的公寓又会怎么样呢？"

"据秘书说，那位有田老人患有一种奇怪的恐惧症。他要求我，

---

① 八百屋阿七是一位杂货店老板娘。1682年(天和二年)江户大火，她在避难所与一男子相识，从此不能自拔。为了再次见他，不惜在自家放起大火。

演讲稿内容里尽量不要写妻子啊，结婚之类的话。我觉得这是在女子高中发表的演讲，理所应当要写的。有田理事长演讲的过程中，没有恐惧症发作的表现吧？"

"没有。我没注意。"

"是吗？嗯，毕竟是在大庭广众之下。"银平兀自点了点头。

"恐惧症发作……是什么样子的？"

"各种情况都有。说不定我们自己也有。我给你学学发作起来的样子吧。"银平说着，一边抚摸着久子的胸脯，一边闭上了眼睛。脑海里浮现出老家的麦田。女人骑着农家的裸背马，走过麦田对面的道路，一条白色的手巾缠在她的脖颈上，在前面打了个结。

"老师，您可以掐住我的脖子。我不想回家了。"久子热烈地低语着。银平用一只手的手指抓住了久子的脖子，对此他十分惊愕。他把另一只手也圈上久子的脖子，试着去量她的尺寸。银平的双手温柔地伸进了久子的领口，指尖触在一起。他让那包钱滑进久子的胸口。久子立刻蜷起胸，向后退开。

"你把钱拿回家吧……做了这种事，你我都要犯罪的。恩田不是告发我是个罪人吗？在告发信里写着：有那么阴暗的性格，会撒那种谎言的人，之前一定做过相当恶劣的事情……你最近见过恩田吗？"

"没见过。也没来信。我不认识那种人。"

银平沉默了片刻。久子为他在地上展开了一块尼龙的包袱皮，这反而让泥土的凉意透了上来。周围的野草散发着生青草味。

"老师，请您继续跟踪我吧。在我未察觉的情况下跟踪我。还是在放学回家的路上吧，这次的学校距离家比较远。"

"然后在那扇气派的大门前,装作才发现的样子是吗?你会在铁门里涨红着脸瞪我是吗?"

"不,我会让你进来。我们家很大,你不会被发现的。我的房间里有地方让你藏起来。"

欣喜的火苗燃起在银平的心中。不久之后他就将其付诸行动。可是,银平却被久子的家人发现了。

在那之后的岁月里,银平远离了久子的生活。被那个貌似遛狗少女男朋友的学生从土坝上推落之后,他一边望着桃红色的夕照,一边情不自禁地悲呼着"久子、久子",回到公寓。土坝的高度是银平身高的两倍,他的肩膀和膝盖被摔得青紫一片。

次日傍晚,银平又忍不住去了那条栽着银杏树的坡道上看少女。那个纯洁的少女对银平的跟踪毫不在意,银平也这么想,自己难道不也是完全不想加害于她吗?他仿佛在悲叹天空中飞过的大雁一般,仿佛在那里目送闪耀的韶华流逝一般。银平是今日不知明日的命,那少女也不能永葆美丽。

可是,银平昨天跟那个学生搭过话,被人家记住了,便不能再在银杏树坡道上徘徊,更不能在学生用来等待少女的土坝上待着。银平最后决定躲在林荫道和旧贵族宅邸之间的沟渠里。万一被警察怀疑到,可以说是因为喝醉不慎掉进去,或说被歹徒撞下去,腰腿痛得不行。说喝醉掉进去的比较稳妥,所以为了让自己沾些酒气,银平喝了点儿酒才出门。

银平昨天就知道那条沟很深,今天跳进去一看才发现,与其说深,不如说是宽。沟两侧是气派的石壁,沟底还铺着石子。石缝间长出了杂草，去年的落叶已经腐烂。如果把身子靠近人行道这边的石壁，大概不会被径直爬上坡的行人发现。躲在沟里的二三十分钟时间里，银平连石壁上的石头都恨不得咬上一口。他注意到，石缝里开出了紫罗兰花。银平蹭过去，把紫罗兰花含在嘴里，用牙齿咬断吞了下去。那味道实在难以下咽，银平强忍着没有哭出来。

昨天那个少女，现在又牵着小狗出现在坡下。银平张开双手，抓住石头一角，像吸附在石头上一般。他一点点抬起头，双手颤抖，只觉石壁似要崩塌，心脏疯狂的跳动击打着石壁。

少女仍然穿着昨天的白毛衣，下身却换成了胭脂色的裙子，脚下是一双漂亮的鞋子。那白色和胭脂色在行道树的嫩叶之间浮现，逐渐走近。经过银平上面时，少女的手就在他眼前，白皙的手从手腕到手肘显得越来越白。银平在下面，抬头望见了少女洁净的下巴，"啊"地喊了一声，闭上了眼睛。

"在这儿，这儿！"

昨天的那个学生正在土坝上等着。在快到坡道一半的地方，银平从沟底向上望去，二人膝盖以上的身体在野草丛中浮现，向土坝对面移动着。银平一直等到黄昏，仍不见少女从坡道上走过。恐怕是学生跟她说了昨天那个可疑男人的事，她才刻意避开了这条路吧。

自那之后，银平好几次在银杏树坡道上徘徊，或长时间仰卧在土坝的野草堆上。却没有再看见少女。少女的幻影在夜里也会将银平引诱到这条坡道上来。银杏树的嫩叶很快长成了郁郁葱葱的绿叶，借着月光在柏油路面上投下黑影。行道树黑压压地在头顶上威胁着银平。他想起在里日本的家乡，暗夜大海的黢黑突然变得很可怕，吓得他跑回家的往事。从沟底传来猫崽的叫声。银平驻足，往下看去。虽然看不见猫崽，却模模糊糊地看见一个箱子。箱子里似乎有什么东西在微微地动着。

"这里果然是个丢弃猫崽的好地方啊。"

这是把刚出生的一整窝猫崽偷偷塞进箱子，丢到这里来的啊。一共有几只呢？银平把这些哀鸣着饿死的猫崽想象成自己，留心倾听着它们的叫声。可是那一整夜，少女的身影都没有出现在坡道上。

六月初，银平在报纸上看到一条消息，距离那条坡道不远的护城河上，要举办捕萤大会。那是一条有小船出租的护城河。银平相信那个少女一定会来捕萤。如此判断的依据是，能够来这里遛狗，家一定就在这附近。

母亲娘家村里的湖边也是著名的萤火虫产地。母亲曾带着他去捕萤，捕到的萤火虫被放在蚊帐里陪伴他们入睡。弥生也干过同样的事。隔扇打开着，隔壁房间的弥生便和他争论，比试谁的蚊帐里萤火虫更多。萤火虫飞来飞去，很难数清楚。

"阿银你太狡猾了，你老是那么狡猾。"弥生爬起来，挥舞着拳头说。

后来，弥生开始用拳头捶打蚊帐。蚊帐随着她的动作东摇西晃。停在蚊帐上的萤火虫飞起来，弥生的拳头完全不起作用，她因此变得更加焦躁，每挥舞一次拳头，膝盖就跳动一下。弥生穿着元禄袖①、短下摆的浴衣，这下都卷到了膝盖以上。就这样，弥生的膝盖一点点向

---

① 仿元禄年间流行的窄袖缀金银细丝花纹的和服。

前移动，她的蚊帐边缘向银平的方向鼓出了一个诡异的形状，使她看起来像是一个罩着蓝色蚊帐的妖怪。

"现在你那边多了，看看后面。"银平说。

弥生回过头说："肯定多啊。"

弥生的蚊帐摇晃着，蚊帐里的萤火虫全部飞起来，发着光，看起来确实比较多。这是无可争议的。

银平至今还记得，当时弥生浴衣上的大十字形碎白点花纹。可是，和银平同在一个蚊帐里的母亲是怎么了呢？弥生吵嚷成那样，她怎么一个字也没说呢？不光是自己的母亲，弥生的母亲也和她一起睡的，她也没叱责吗？旁边应该还睡着弥生的小弟弟。可是除了弥生，银平对其他任何人都没有印象了。

银平近来也时常看到这样的幻景：母亲娘家村子的湖面上，夜间惊现闪电。闪电几乎照遍整个湖面之后，又倏然消逝。闪电消逝之后，湖边飞起了萤火虫。将湖边的萤火虫看作是幻景的延续也未尝不可，但萤火虫是附带出现的，有些靠不住。在萤火虫出没的夏天，闪电并不少见。也正因如此，那幻景里才附加了萤火虫吧。可不管怎么说，银平也不会将萤火虫的幻景与死在湖中的父亲的鬼魂联系在一起。但夜晚的湖面，闪电消逝的那一瞬间，却并不让人愉快。每当看到梦幻般的闪电，陆地上宽广深邃的水纹丝不动，承受着夜空中的闪电时，银平都会如同感受到自然界的妖魔鬼怪，或时间的悲鸣一般震惊。银平也明白，闪电照遍湖面恐怕是幻影所为，现实中根本不存在。但银平也许会想，如果遭遇巨大的雷击，空中瞬间的光明会照亮身边世界中的一切。如同他第一次接触不经人事的久子一般。

那之后，久子突然变得大胆起来，令银平大为震惊。这种感受就如同被雷击一般。银平被久子引诱进入她家，成功潜入了她的起居室。

"果然是个大宅子啊！我该找不到逃回去的路了。"

"我送你啊。也可以跳窗出去嘛。"

"可这是二楼吧？"银平有点儿发怵。

"把我的腰带接起来，就能当绳子用了。"

"家里有没有狗？我可讨厌狗了。"

"没有狗。"

久子不管不顾，一味地盯着银平，眼睛里闪闪发光。

"我恐怕不能同老师结婚了。我希望我们能一起待在我的房间里，哪怕就一天也好。我讨厌老是躲在草丛后面。"

"所谓草丛后面，这个词就只是单纯的草丛的后面的意思，但现在用这个词，一般是指另一个世界，阴曹地府的意思啊。"

"是吗？"久子心不在焉地听着。

"国语教师的工作都丢了，谈这些事又有什么意思呢……"

但是，有这样一位老师，无论怎么说都不是件好事。在这可怕的世界中，一个女学生拥有如此豪华、奢侈的洋房，这超乎银平想象的气势使他感觉相形见绌，以致堕入被追捕的罪人之列。他与从久子现在的学校门口跟踪到这个家门口的银平，已判若两人。久子心知肚明，却假装不知。她已经完全被银平掌控了，虽然这是在玩弄阴谋诡计，却是久子主动要求的，这让银平很高兴。

"老师，"久子紧紧握住银平的手，"该吃晚饭了，您等我一会儿。"

银平把久子揽到跟前亲了亲。久子希望亲得更久一点儿，于是把身体的重量全部落在了银平的手臂上。银平不得不支撑住久子，这给他注入了不少力气。

"我去吃晚饭的时间里，老师做些什么才好呢？"

"嗯……有没有你的相册？"

"没有。相册啦，日记本啦都没有。"久子抬头望着银平的眼睛，摇了摇头。

"你从来不谈小时候的事呢。"

"那些都太无聊了。"

久子连嘴唇也没擦就出去了。不知她与家人坐在餐桌旁时，脸上会是什么样的表情。他在墙壁凹陷处挂着的窗帘后面，发现了一个小小的盥洗室。他小心翼翼地打开水龙头，仔细地洗了手和脸，还漱了漱口。原本还想把自己那双丑陋的脚也洗洗，但他实在很难脱了袜子，把脚伸进久子洗脸的地方。反正那双脚再洗也不会变得好看，只会让人再次看清它们的丑陋吧。

如果久子没有为银平做了三明治带进房间的话，也许家人还不会发现他们的这次幽会。她用银托盘盛着咖啡具端进来，这未免也太明目张胆了。

连续的敲门声传来。

久子突然间像豁出去了似的，责问道："是妈妈吗？"

"是啊。"

"我有客人。妈妈，您别开门。"

"哪位客人啊？"

"是老师。"久子用低而有力的声音断然答道。这时，银平像是沐浴在幸福的狂喜中一般，笔直地站了起来。他的手中如果有枪的话，说不定就要从后面向久子开枪，让子弹穿透久子的胸膛，射中门外的母亲。久子倒向银平这边，母亲则倒向对面。久子与母亲隔门相对，二人必然都会向后仰倒。然而，久子在倒下时一个优美的转身，转而抱住了银平的小腿。从久子的伤口喷出的鲜血，沿着银平的小腿向下流，沾湿了他的脚背。他那又黑又厚的皮肤，瞬间变得像蔷薇花般美丽，脚心上的皱纹伸长，变得如同樱蛤般光洁。他那猿猴般长长的脚趾骨节突出，干瘪扭曲，很快就被久子温热的鲜血洗濯，变得像人体模型的脚趾那样美观。银平突然意识到，久子身上不应有那么多血，这才发觉自己身上的鲜血也从胸前的伤口中汩汩往外冒着。银平晕晕乎乎，如同被临终时前来接迎的佛菩萨所驾之五彩祥云罩住一般。然而，这幸福的狂想却倏忽而逝。

"久子带去学校的脚气药膏里，掺入了她的血。"

银平听见久子父亲的声音，他吓了一跳，摆好迎战的架势。却原来是他的幻听，一场很长的幻听。银平醒悟过来后，满眼都是久子面对房门凛凛然的站姿，他的恐惧就此消失了。门外静悄悄的。通过门扉，银平可以看见那个母亲的身形，她被女儿盯得浑身发颤。那是一只被雏鸡啄光羽毛，浑身赤裸的母鸡。哀伤的脚步声在走廊上渐渐远去。久子不管不顾地走到门前，"咔嚓"一声锁上门，一只手抓着门把手，转头看着银平。她筋疲力尽，背靠着门，眼泪扑簌簌滑下脸颊。

不用说，在母亲离去之后，取而代之的是父亲粗暴的脚步声。他走到门前，吧嗒吧嗒摇晃起门把手。

"喂，开门！久子，快开门！"

"好了，见见令尊吧。"银平说。

"不！"

"为什么呢？只能见见了。"

"我不想让父亲见您。"

"我不会胡来的。我又没带枪什么的。"

"我不想让他见您嘛。请您从窗户逃走吧。"

"从窗户？好吧，反正我的脚长得就像猿猴。"

"穿着鞋会有危险的。"

"我没穿鞋。"

久子从衣橱里翻出两三条腰带，把它们接在一起。父亲终于在门外咆哮起来。

"马上开，请等一会儿。我不会殉情的……"

"什么？你说什么？！"

看样子父亲是被击中了要害，门外一时间安静下来。

久子把从窗户垂下去的腰带的一头缠在两只手腕上，一边勉力支撑着银平的重量，一边不停地流着眼泪。银平用鼻头碰了碰久子的手指，然后顺着腰带轻轻地往下滑去。他本想将嘴唇贴上去的，但因为正向下看，最后还是把鼻头蹭了上去。他还想在久子的脸上留下感激和告别的吻，可是久子弯下腰，膝盖顶住窗户下方的墙壁，挺起胸脯，以至于吊挂在窗户上的银平根本够不着她的脸。当银平的脚沾到地面时,他心怀感激地拉了两次腰带。拉第二次时,手上没有反应,在窗户透出的灯光中,腰带飘落下来。

"什么?给我吗?那我就带走啦。"

银平在院子里一边跑一边挥舞手臂,把腰带缠在一条手臂上带走。其间,他回头瞥了一眼,看见久子和貌似她父亲的人并排站在他出逃的窗边,但是看起来她父亲并不会高声大喊。银平像只猿猴般,越过装饰着唐草花纹的铁门逃走了。

那样的久子,如今大概已经嫁人了吧?

在那之后,银平只见过久子一次。久子所谓的"草丛后面",也就是久子家原来的宅邸废墟,银平当然经常去,但久子再也没有躲在草丛中等待他。在水泥围墙内,也再没有发现久子的留言。但银平并没有死心,在落雪的冬天,野草都已枯萎,他也时常前往查看。那是一种可怕的东西,当春草重又萌出新绿之时,银平又能与久子在此幽会了。

不过那次幽会,是久子和恩田信子两个人。或许是久子自那件事之后,也时不时地来到这里,以期寻见银平的踪影,却因走岔了而没有遇到他?初见久子的银平很激动,但久子的惊愕之色却让他明白,她根本不是在等自己,而是在此与恩田见面。在这个他们曾经的私密之处,与那个告密者恩田……可究竟是为什么呢?银平又不能贸然开口询问。

"老师。"久子叫道。

但恩田像是要压住久子那一声呼唤似的,用力地喊了同样一声:"老师!"

"玉木同学,你还在同这种人往来吗?"银平居高临下,用下巴指了指恩田。两个少女正坐在一张铺开的尼龙包袱皮上。

"桃井老师,今天是久子的毕业典礼。"恩田向上瞪着银平,用发表宣言似的语气说道。

"啊,毕业典礼?是吗?"银平不自觉地重复道。

"老师,从那天之后,我一天也没上过学了。"久子诉说道。

"啊……是吗?"

银平内心一阵悸动。也许是顾忌仇人恩田,也许是暴露出教师的本色,他不由自主地说:"不上学也顺利毕业了啊。"

"理事长帮忙打了招呼,所以才能毕业的。"恩田回答。

对久子来说,这不知是好意还是恶意。

"恩田,你是个才女,但请你闭嘴。"银平转而问久子,"理事长在毕业典礼上致辞了吗?"

"嗯。"

"我已经不帮有田老人撰写演讲稿了。今天的致辞,风格大概跟过去有所不同吧?"

"很简短。"

"你们两个在说什么呢?你们俩不是偶然碰见也有得聊的人吗?"恩田说。

"如果你不在,堆积在我们心头的话是说也说不完的。可是,我可不愿意讲给间谍听。如果你有话要对玉木同学说,趁早说完吧。"

"我不是间谍。我只是要保护玉木,不让肮脏的人靠近她。多亏了我写的信,玉木才能转校。虽然她不能上学,但她总算逃离了老师的魔爪。无论老师怎么对付我,我都会同您斗到底。玉木,你也恨老师对吧?"

"好啊,看我怎么对付你!你不赶紧跑掉的话,可是很危险哦。"

"我不会离开玉木。我是来这里和玉木碰头的,老师请回吧。"

"你是在充当监视小姐的婢女吗?"

"没人要我这么做。老师你的想法太肮脏了。"恩田扭脸不看他。

"久子,我们回去吧。你就满怀着怨恨和愤怒,同这种肮脏的人永别吧。"

"喂,我说了我还有话要对玉木说,我还没说完呢。你自己回去吧。"银平说着,轻蔑地摸了摸恩田的头。

"真脏!"恩田把头甩了甩。

"对了,你什么时候洗的头?可别等太臭的时候才洗。要不然,可没有男人愿意摸你哦。"银平对他讨厌的恩田说,"喂,还不走?我可是会对女人拳打脚踢的,我可是个无赖。"

"我也是个不在乎被人拳打脚踢的女孩子。"

"好!"银平要去拽恩田的手腕,回头对久子说:"可以吗?"

久子用目光表示默许。银平就势把恩田拽走了。

"不要,不要,你要干什么!"

恩田使劲儿反抗,就要往银平手上咬下去。

"啊呀,肮脏男人的手你也要亲?"

"我要咬!"恩田大叫着,却并没有咬。

从被烧毁的大门遗迹走到大街上来,因为有人经过,恩田便站直了往前走。银平没有松开拽着她的那只手,他拦下了一部空的出租车。

"这姑娘是离家出走的,拜托你了。她的家人在大森站前等她。快送她过去。"银平随口编了几句,把恩田抱起似的塞进车里,从口袋里掏出一张一千日元的钞票,扔在驾驶台上。车子绝尘而去。

银平回到围墙内,久子仍然坐在包袱皮上。

"我把她塞进出租车,跟司机说她是离家出走的,让送到大森去,花了我一千日元。"

"恩田为了报仇,又会给我家里写信的。"

"真是蛇蝎心肠!"

"不过,也许不会那样做。恩田想上大学,她也来劝过我。她好像要当我的家庭教师,换取家父为她出学费。恩田家里经济状况不好……"

"所以,你们是为这件事才在这里见面的?"

"是啊。从过年起她就给我写过几次信说要见面,但我不想她来家里。我回信说,我可以出席毕业典礼,恩田就在校门口等着我。不过,我想再来这里看看。"

"那件事之后,我来过这里几次,就是在积雪的日子里也……"

久子脸颊上露出可爱的酒窝,点了点头。看着这样一个少女,谁能想到她会和银平发生那种事呢?从银平身上,怕也看不出他会伸出"魔爪"的迹象。

久子说:"我在想,老师会不会来呢?"

"镇上的积雪消融的时候,这里还积着残雪。围墙有这么高……所以,从道路上铲下来的雪,貌似都堆到围墙里面来了。门里像是堆起了一座雪山。在我看来,那就是我们相爱的阻碍。我总觉得雪堆下面埋着婴儿的尸体。"久子最后对银平说了些莫名其妙的胡话,很快又缄口不语了。她那双澄澈的眼睛望着他,点了点头。银平急忙转移了话题。

"那么,你是要同恩田一起上大学了吗?要读什么专业?"

"没意思,女孩子上什么大学……"久子若无其事地答道。

"那天的腰带,我还珍藏着呢,你是留给我做纪念的吧?"

"那口气一泄,腰带就脱手了。"这句话,久子仍然说得若无其事。

"是不是被令尊骂惨了?"

"他禁止我单独外出。"

"我不知道你连上学都会被禁。如果早知道的话,我趁着夜深人静,从窗口偷偷溜进去就好了。"

"有时,我会在那扇窗旁望着半夜的庭院。"久子说。

在被禁足的日子里,久子似乎恢复了少女的纯洁。银平仿佛失去了了解和掌握这个少女内心世界的直觉,对此他深感沮丧。没有兴致,也没有机会说话,银平即使坐在刚才恩田坐过的包袱皮一头,久子也不躲避。久子穿着崭新的藏青色连衣裙,领口上有美丽的蕾丝边,大概是为了参加毕业典礼而特意准备的吧。银平大概也看不出来,她脸上化着近来时兴的,不着痕迹的淡妆。久子的身上散发一股淡淡的香水味。银平将手悄悄地放在了她的肩上。

"我们私奔吧,一起逃到远方去。逃到那寂静的湖边去,怎么样?"

"老师,我已经下定决心不再见老师的。今天在这里见到老师,我很开心,但我希望这是最后一次。"久子说这些时用的不是冷漠的语气,而是平静的、倾诉的语气,"如果非要见老师不可的话,我会不顾一切去寻找您的。"

"我会沦落到社会底层去的啊。"

"就算老师沦落到了上野的地下通道,我也会去的。"

"现在就去吧。"

"我现在不去。"

"为什么?"

"老师,我受伤了,还没有痊愈。等我恢复元气的那天,如果还恋着老师的话,我就去。"

"哦……"银平瞬间感觉从头到脚都麻木了。

"我明白了。你还是不要下到我的世界里来了。被我拉进来的人,会被封入最底层。否则就太可怕了。你我是两个世界的人,我此生都将憧憬你带给我的回忆,此生都将对你心怀感激。"

"如果我能忘掉老师,我就会忘掉的。"

"是吗?那就好。"银平加重语气说着,内心一阵刺痛,"可是,今天……"他的声音颤抖。

出乎他的意料,久子点了点头。

在车里,久子依然沉默不语。不久,她的表情已平静无波,双颊泛起淡淡的红晕,紧紧地闭上了眼睛。

"睁开眼睛看看,有魔鬼。"

久子睁开了明亮的双眸,却不像是要看魔鬼。

"好寂寞啊。"银平说着,吻了吻久子的睫毛。

"还记得吗?"

"记得。"久子空洞的低语掠过银平的耳际。

自那之后,银平没有再见过久子。他也曾在那块烧毁的废墟上徘徊过几次。不知从何时起,大门的位置上竖起了一块木板,野草被锄净,土地被整平。一年半、两年之后,此地开始大兴土木。这小门小户的,不似久子父亲的宅邸,大概是卖出去了吧。银平一边听着木匠刨木的美妙声音,一边闭起眼睛静立在那里。

"永别了。"他对远方的久子说。他在心里祈愿着,与久子在这里留下的美好回忆,能为新建住户的人家带来幸福。刨木声就那样在银平的脑海中盘桓,他感到心情愉悦。

银平以为这"草丛后面"的土地早已出售,供他人新建房舍。却不承想到,久子嫁人之后便搬来此地,入住新居。

银平相信,他的"那个少女"一定会到有小船出租的护城河来参加捕萤大会。这是种多么可怕的执念,它转化成了他们的第三次邂逅。

在持续五天的捕萤大会中,银平果然在其中一个夜晚遇到了町枝。虽然他每天都会到坡道上来,但他从报纸上看到捕萤大会的报道,却是在活动开始两天之后。如果说少女也是看到晚报才来的话,银平的预感也就说不上多准了。他把那份报纸塞在口袋里,胸中满是对见到少女时的心心念念。简直没有语言可以用来形容少女那对细长的眼睛。银平一边走着，一边伸出双手的拇指和食指，在自己的眼睛上反复"描摹"着清新小鱼生机勃勃的形态。他听见了来自上天的舞曲。

"来世我也要投胎变成一个拥有美丽双脚的年轻人。你保持现状就好。到时，我们共舞一曲白色芭蕾吧。"银平在憧憬之中自言自语着。少女的衣裳是古典芭蕾舞裙的白，下摆伸展，飘扬起来。

"这世上竟有如此美丽的少女啊！只有美满的家庭，才能生出那样的少女。那样的美貌，也只能维持到十六七岁吗？"

银平觉得，那个少女迷人的花期只能是短暂的。现在的少女们身上那含苞待放的高雅气质，沾染了学生的杂质。那个少女的美丽似是经过了什么东西的洗濯，又是什么使她从内到外散发光芒的呢？

船码头也贴出了"八点开始放萤火虫"的告示，但六月的东京，七点半左右才会天黑，银平决定在护城河的桥上一直待到那个时候。

"请乘船的客人拿好号码牌。"扩音器中不断传来的声音提醒着乘客。捕萤大会热火朝天，不由得让人想到这是租船商家招揽生意的手段。萤火虫还未放出，拥塞在桥上的人们只能呆呆地看着小船上客人上上下下，水面上小船来来往往。只有一个少女，银平等待着的那个少女是生气勃勃的。他的眼里只有她，小船啊，人群啊，此时都已消失殆尽。

他也去栽满银杏树的坡道看过两次。银平想过，要不再躲进那条沟里，可又想起上次躲在里面的情景，便把手搭在石崖上，蹲了下来。可是捕萤大会的傍晚，连这条坡道上都有行人来往。听到脚步声近，银平赶忙走下坡道。脚步声接连不断，他没有回头。

来到坡下的十字路口，银平眺望着捕萤的熙攘人群，桥对面的街灯已经照亮了低矮的天空，随车流行进的车头灯在道路上摇曳。终于能见到她了！银平的心情激荡起来。不知为什么，他没有拐到护城河那一边，反而笔直地走过桥，走到对面去了。那是一片住宅区。追赶银平而来的脚步声，当然拐向了捕萤活动区。可是，那脚步声像一张黑纸贴在了银平的背上，银平向后挥了挥手臂。那张漆黑的纸上画着一个红色的箭头，箭头指向捕萤活动区的方向。银平想把背上的纸撕下来，却够不着。他的手臂生疼，关节咔咔作响。

"您不能到达背上的箭头所指的方向吗？我来替您取下来吧。"

银平听见一个温柔的女声，他回过头去，身后一个人影也没有。朝着银平走来的，只有从住宅区前往捕萤活动区的人们。原来，他刚才听到的是广播传出的女声。不是女播音员在说话，而是广播剧女演员在说对白。

"谢谢。"银平抬起手，对着幻觉中的声音挥了挥，轻快地走了。莫名地，他觉得人总有一瞬间是会被宽恕的。

桥头有一家卖萤火虫的店。一只萤火虫卖五日元，一个虫笼卖四十元。护城河上没有萤火虫。银平直至走到桥之间，才发现水面一个小高台上，放着个很大的萤火虫笼。

"撒！撒！快点儿撒！"

孩子们不停地叫着，他们知道从高台上撒萤火虫，就代表着捕萤大会的开始。

有两三个男子爬上了高台。小船挤挤挨挨地泊在高台脚下。船上有人手里拿着捕虫网和竹竿。桥上和岸边的人群中,也有举着网和小竹竿的,手柄相当长。

在过桥的地方,也有萤火虫在卖。

"对面是冈山产的,这边是甲州产的。对面的萤火虫又小又细,品种完全不同哦。"银平听到有人说话,便走了过去。这边的萤火虫每只十日元,比对面卖的价格高出一倍,装在虫笼里的要卖一百日元。

"请给我十只个头大的。"银平说着,递过去二百日元。

"每一只都很大。除了这七只,再要十只,是吗?"

卖萤火虫的男人将手臂伸进一只大木棉袋子。从那个湿漉漉的袋子内侧,闪出了微弱的亮光。男子一次抓出一两只萤火虫,放进一个筒形的笼子中。笼子很小,但是银平看不出装了十七只。他用一只手遮着光,这时卖萤火虫的男子呼呼地吹起了气,笼中的萤火虫全都闪闪发起光来。男子的唾沫喷到了银平的脸上。

"不再放十只吗?会不会太冷清了。"

卖萤火虫的男子又放进十只萤火虫,孩子们欢呼起来,银平被溅了一身水花。从高台撒向空中的萤火虫,像即将消失的烟花一样无力地下落。有些萤火虫直至下落到水面附近时,又向旁边飞去,被小船上的客人用网和小竹竿捕住了。萤火虫总共不过十只,为了争夺萤火虫,网和小竹竿都被水浸湿,引起人群的一阵骚动。之前挥舞濡湿的小竹竿溅出的水珠,落到了岸上观众的身上。

"今年天太冷,萤火虫都不怎么飞了。"有人这么说。看样子这是一年一度的活动。

人们以为会继续撒萤火虫，结果却没有。

"萤火虫会放到九点左右。"对面岸上船码头前传来广播声，高台上那两三个男子却没有动。观众静静等待着，还传来了不合时宜的划桨声。

"早点儿撒就好了。"

"不会放了。再放就该结束了。"

大人们议论纷纷。银平拎着装了二十七只萤火虫的笼子，这个数已经够了，因此为了避免被水花溅到，他从水边退到后面，靠在警察值班岗亭前的树上。离开了人墙，站到这里，更容易看见桥上的光景。岗亭里年轻的巡警表情温厚柔和，几乎全神贯注地面朝护城河方向。银平站在他身旁，生出一种奇妙的安心感。站在这里，是不会错过少女的。

过了不久，高台上开始继续撒萤火虫。说是继续撒，男子只不过一把抓起十来只抛出去罢了。人群中的喧闹之声此起彼伏，高潮迭起，有的是慨叹捕不到，有的是惊叹逮个正着。银平和巡警也不得悠闲。成群的萤火虫向下飘落，形成如垂柳一般的光带，那是飞不远的。然而也有极少数飞远的，也有飞向桥这边来的。桥上的男女老少，自然在高台一侧的栏杆边上围了个里三层外三层。银平在人群后面边走边寻找着少女的身影。有不少孩子站在栏杆外面，手里拿着捕萤网。他们竟然不会掉下去，真是有一手。

人们围拢过来，大家争抢着都想收入囊中的萤火虫，难道就这样眼睁睁看着它们飞走吗？银平不由得想起，曾在母亲娘家村子的湖面上见到的萤火虫。

"喂，落在你的头发上啦！"桥上的男人冲着经过高台下的小船喊道。

萤火虫落在船上的女孩头发上，她却不自知。同船的一个男子抓住了那只萤火虫。

银平发现了那个少女。

少女把两条手臂搭在桥栏杆上，俯视着护城河。她今天穿一身白色的棉质连衣裙。少女的身后也是人山人海，银平只能从人缝中窥见少女的肩膀和侧脸，但他相信自己不会看错。他先是退后两三步，再缓缓地偷偷靠近她。少女被飞舞在高台上的萤火虫吸引着，全然无心回头。

她不是一个人来的！银平的视线落在少女左侧的青年身上，他感到胸口似被人捅了一下。不是那个在土坝上等待遛狗少女的学生，不是那个把银平推下土坝的学生，而是另一个男子。光看他的背影就知道，他穿着白色衬衫，既没戴帽子，也没穿外衣，但看起来也是学生打扮。

"距离上一次才过去了两个月啊。"银平对少女变心之快感到震惊，如同践踏了花朵一般。少女的恋爱之心，与银平对少女的憧憬之心相比，未免也太虚无缥缈了吧？银平觉得，虽然结伴来参加捕萤大会的两人未见得就是恋爱关系，但少女与她的那位男朋友之间，估计是发生了什么状况。

银平挤进少女身边的第二和第三个人之间，手抓在栏杆上，侧耳倾听着。又在往外撒萤火虫了。

"我想捉几只萤火虫给水野。"少女说。

"萤火虫这东西阴气重,不太适合带去探病哦。"学生说。

"睡不着的时候看看挺好的吧。"

"好凄凉啊。"

银平这下理解了。原来两个月前见到的那个学生生病了。他担心把脸探出栏杆会被少女发现,所以决定从后面凝望少女的侧脸。少女那束得高高的长发,从束发处至发梢梳得似柔波般顺滑,美丽非常。比起在银杏树坡道上见到的她,显得更加落落大方。

桥上没有点灯,光线有些昏暗。但看得出来,跟在少女身边的学生比之前那位瘦弱。他们肯定是朋友。

"这次去探病,你打算聊捕萤的情景吗?"

"今晚的情景?"学生反问自己,"如果我去探望水野的时候能说起町枝的事,他一定会很开心的。如果跟他说起我们俩一起去参加捕萤大会,他大概会想象到萤火虫漫天飞舞的情景吧。"

"你还是想送他萤火虫啊。"

学生没有回答。

"我不能去探望他,心里好难受啊。水木,你一定要好好跟他说说我的情况。"

"我每次都有说。水野也都知道的。"

"你姐姐请我们去上野赏夜樱的时候对我说过'町枝,你真幸福'。可我并不幸福啊。"

"如果我姐姐听说町枝不幸福,肯定会吓一跳的。"

"那就吓唬吓唬她怎么样?"

"嗯。"学生突然笑了,转移话题似的说,"自那之后,我也没见过姐姐。最好是让她觉得，有人生来就是幸福的。"

银平看出来了，这个名叫水木的学生，对町枝也是有好感的。而且他有一种预感，就算那个叫水野的学生病好了，他与町枝的感情也会破裂。

银平从栏杆上移开身子，悄悄地朝町枝逼近。她的棉质连衣裙似乎有点儿厚。他偷偷地将挂萤火虫笼的钥匙形铁丝钩在町枝的腰带上，后者浑然不觉。银平走到桥的尽头，驻足回头，望了望挂在町枝腰带上那微微发光的虫笼。

如果少女不经意间发现腰带上挂着一只萤火虫笼，她会怎么办呢？银平很想回到桥中央，重新挤进人群中窥伺一番。又不是用剃刀去割少女腰部的罪犯，原本是没什么可害怕的，可是他的脚却从桥上往后退去。如今，这个少女让银平发现了自己内心的懦弱。不，也许不是发现，而是重遇了那个懦弱的自己。他认同着这样的自我辩护，沮丧地朝着与桥方向相反的银杏树坡道走去。

"啊！好大的萤火虫！"

银平仰望夜空，心想把萤火虫看作星星也不奇怪。反而满心感动，重复了一句"好大的萤火虫啊"。

雨水开始敲打在林荫道旁栽种的银杏树叶上，听声音像是颗粒巨大且稀疏，一半已化成水落下的冰雹声，又像是打在屋檐上的雨滴声。那是不可能下在平地上的雨，而是在某个高原上露营的夜晚也可以听到的，落在阔叶树上的雨声。但就算是当作高原上夜露落下的声音，未免也过密了。但是银平不记得自己登上过高山，也不记得自己曾露营在高原。要说是幻听的话，又是从哪里来的呢？那当然是来自母亲娘家的湖岸边吧。

"那个村子可不在什么高地上。这种雨声,今天是第一次听到。"

"不,那雨声确实是在什么时候听见过。也许是深林——将歇未歇的雨声。当积蓄在树叶间的雨滴落得多过从天而降的雨滴时,就是这雨声。"

"弥生,被这种雨淋的话就可冷了。"

"嗯,这个名叫町枝的少女的男朋友,或许是到高原上露营时,被这种雨淋湿才生病的。因为那个名叫水野的学生心怀怨恨,才听到这落在银杏树坡道上的奇怪雨声。"银平自问自答,听着并没有落下的雨声,感到了身心的恣意。

银平今天在桥上第一次知道了那个少女的名字。如果昨天,町枝或银平中的任何一方死去的话,他就永远不会知道那个名字了。单单是知道了町枝这个名字,就应该是莫大的缘分,可银平却为什么要离开町枝置身的那座桥,爬上不可能有她在的那条坡道呢?在前往举办捕萤大会的护城河的途中,银平曾两次不由自主地走上这条坡道。见到町枝后,他觉得她肯定不会走过这条坡道的。留在桥上的少女,她的幻影在银杏树下踽踽独行。那是她提着萤火虫笼,去探望病中的男朋友。

银平只是想试着这么做,说不上有什么目的。他把萤火虫笼挂在少女的腰带上,如同把自己的心在少女的身上燃烧一般。事后再看,会让人心生感伤吧。可是,少女想把萤火虫送给病人,他或许是因为这个才悄悄将萤火虫留给少女的。姑且这么认为吧。

梦幻的少女穿着白色连衣裙，腰带上挂着萤火虫笼，爬上银杏树坡道，去探望病中的男朋友。梦幻的雨点打在她的身上。

"嗯，即便是幽灵，也是平凡的。"银平自嘲道。不过，如果町枝此时与那个名叫水木的学生在桥上的话，那么她也必须与银平在这条昏暗的坡道上。

银平撞在土坝上了。他刚要爬上那个土坝，一只脚就抽筋了，他抓住了青草，青草有点儿湿。另一只脚爬起来没那么疼，他还是爬上去了。

"喂！"银平喊了一声，站起身来。一个婴儿从银平爬过的土地背面，也跟着他爬行起来。像是在镜面上爬行一般，银平的手掌与土地背面的那个婴儿的手掌好像合在了一起。那是死人冰冷的手掌。慌乱间，银平想起温泉浴场的一家妓院。澡盆底竟变成了一面镜子。爬到土坝尽头，那是银平第一次跟踪町枝，被她男朋友大喝"浑蛋"，并被推下去的地方。

町枝在土坝上曾对水野说，庆祝五一节的红旗队伍，走在对面的电车道上。银平凝望着那条电车道，一列都营的电车正在缓慢通行。从电车窗口透出的灯光，在夜色中的林荫树丛中摇摇曳曳。银平愣愣地盯视着，土坝上没有梦幻的雨滴声。

银平大叫一声"浑蛋"，便从土坝上滚落下去。自发的翻滚也不怎么利索。他掉在柏油马路上时，一只手里仍然紧抓着土坝上的那撮青草。他爬起来，闻了闻那只手，同时在土坝下的那条路上走远了。银平感到好像婴儿在土坝的泥土里，跟着自己往前走。

银平的孩子岂止下落不明，而且是生死不明，这也是他人生动荡的原因之一。银平相信，如果孩子尚在人世，总有一天肯定会相遇的。但是，那究竟是自己的亲骨血，还是别的男人的孩子，银平不大清楚。

在银平学生时代，一天傍晚，在他租住的良家人的家门口，捡到一个弃婴，还附了一封信。信上写着"这是银平先生的孩子"。那户人家的主妇为这事闹得很凶，银平却既不慌张也不羞愧。一个受到命运胁迫即将奔赴战场的学生，怎么能突然就捡个弃婴回来养，更何况还是妓女生的呢？

"这是在找我麻烦呢，大婶。因为我逃跑了，他们要报复我。"

"桃井先生让人家怀了孩子，然后就逃跑了？"

"不，不是的。"

"那跑什么呢？"

银平没有回答。

"把孩子退回去就得了。"银平低头看了看被主妇抱在膝盖上的婴儿，"先寄放在你这里，我去叫个共犯来。"

"共犯？什么共犯？桃井先生，你不是想丢下婴儿，自己逃跑吧？"

"我讨厌自己去还孩子。"

"什么？"主妇满心怀疑，跟着银平走到玄关。

银平把他的狐朋狗友西村引诱了出来。但孩子仍由银平带着。因为抛弃孩子的是银平的相好，总不能推给别人。银平把孩子包在大衣下面，扣上了扣子，整个人看起来鼓鼓囊囊的。婴儿当然会在电车里号啕大哭，乘客们对这个打扮怪异的大学生反倒报以善意的微笑。银平扮了个鬼脸,苦笑着让孩子从大衣的衣领露出头来。这时的他只好低着头,继续无可奈何地盯着婴儿的脸。

那时候,东京已经遭受过第一次大空袭,那件事发生在大火洗劫工商业区之后。银平没有选择房子鳞次栉比的妓院街,而是把孩子放在小巷人家的后门,因此他们没有被发现。放下孩子之后,便痛痛快快地逃走了。

从这户人家溜走的事,是银平与西村共同策划和实施的。战时政府强迫学生从事体力劳动,因此学生也必须预备足袋、帆布鞋、运动鞋一类的褴褛鞋服。他们当时是扔下了这些东西,从妓院逃出来的。身无分文,却逃得心情痛快。仿佛从自己的耻辱之中逃脱了一般。凡是碰到会弄脏或损坏鞋子的体力劳动,在劳动最高峰时,银平和西村就会交换意味深长的目光。想起扔掉那些破烂鞋子的地方,至少是能让他们开心的。

尽管已经逃跑,他们还是收到了妓院的传票。不光是催讨钱款。不久,银平他们就要上战场了,今日不知明日的命运使他们也没有必要隐瞒地址、姓名了。学生入伍当兵,学生就是英雄。大部分公娼和备过案的私娼被征用或参加体力劳动,银平玩的大概都是暗娼之流。大概是妓院的组织纪律早已松散,充斥着不合规的人情关系。或许是惧怕战时的严厉惩罚,也或许她们是自己在太平年代里看不起的劣等人群,银平他们从不顾及相好的。他们甚至认为,即便自己逃之夭夭,也会被相好的当作是年轻人的冒险行为而不予追究。一而再,再而三地逃跑,到最后变成了干这种事时的常态。

把婴儿扔在小巷人家的门口,为他们最后的逃跑加了一笔。时值三月中旬，第二天正午下的雪，入夜就成了积雪。他们想，人们总不会让婴儿再冻死在小巷里。

"还好是昨晚啊。"

"还好是昨晚。"

为了谈这件事，银平冒雪去了西村的公寓。妓院音信全无，婴儿行踪不明。

可是，最后一次痛快的逃跑之后，有七八个月没有再去过小巷里的那个家。丢下婴儿时，那里仍然是妓院吗？带着这样的疑惑，银平走上战场。即使是原来的那个妓院，银平的相好，也就是婴儿的母亲是否还在那里呢？暗娼怀孕、生产都在那个妓院里吗？生孩子必将打破妓女的生活秩序，在充满着不合规的人情关系，掺杂了异常的紧张和麻木的日子里，妓院未必不会照顾产妇。可……看样子是没有照顾。

被银平抛弃之后，那个孩子才真正意义上成为弃儿，不是吗？

西村战死了，银平活着回来，竟然还当上了教师。

银平在当年妓院所在地的废墟上游荡到累了。

"喂，别恶作剧了！"银平大声地自说自话，把他吓了一跳。却原来是他对那个妓女说话。那不是妓女自己的孩子，也不是银平的孩子，而是向朋友借来的没用的孩子，就这样丢弃在了银平租住的良家人门口。好像是当场被发现，追上去抓到了。

"我又不能问西村'那孩子长得像不像我'，人都已经死了。"银平又自言自语地说。

那孩子明明是个女孩，在困扰银平的关于那孩子的幻景中却不知性别,真是不可思议。而且大概率是已经死了。可是当他神志清醒时,又觉得那孩子还活着。稚嫩的孩子用圆圆的小拳头用力打着银平的额头,做父亲的银平低下头,让孩子一次次地敲打。银平记得有这么个场景,但那是什么时候发生的呢?那也是银平脑海中的幻景,并不存在于现实之中。如果孩子尚在人世,如今也不可能那么幼小,今后也不可能再发生那样的事了。

捕萤那晚,跟着银平走在土坝下的坡道上的,以及从土坝中走出来的孩子,也是那个婴儿。而且还是不知性别。银平意识到,再怎么小的婴儿,也有男女之分,可这个孩子却分不清性别,就像个没有眼、鼻、嘴的怪物。

"是女孩,是女孩。"银平嘴里喃喃自语着,一路小跑,来到了商店林立,灯光明亮的街道上。

"烟,我要一包烟。"

银平在拐角第二家店的门前,气喘吁吁地喊道。一位白发苍苍的老太太走了出来。老太太性别清楚,银平松了一口气。可是,町枝却已消失在远方了。要想起在这世上还有这样一位少女,也是需要花费些力气的。

银平似乎变得空空荡荡,飘飘忽忽,久别的故乡又浮现在他的脑海之中。他想起的不是死于非命的父亲,而是美貌出众的母亲。可是,父亲的丑陋却比母亲的美貌更深地烙印在他的记忆中。就好比自己那双丑陋的脚,比弥生美丽的脚显现得更清晰一样。

在湖岸边,弥生想要去采野生胡颓子的红色果实,小指被刺扎出血来的时候,她吸吮着小指上的血滴,向上翻着眼盯住银平说:"银平，你为什么不给我采呢？你那双长得像猿猴一样的脚，跟你父亲的一模一样，可不像是我们家族的血统呀。"

银平气疯了，真想把弥生的脚摁到刺上去，可是他却没有碰她的脚，而是露出牙齿，要去咬她的手腕。

"快看，是张猴脸呀。嘻嘻嘻……"弥生也向他露出了自己的牙齿。

从土坝的泥土中爬出来的婴儿，之所以会跟着银平走去，一定是因为他的脚如同野兽般丑陋。

银平没有查看过那个弃婴的脚。因为他压根儿不认为那会是他的孩子。银平也曾自嘲过，本应该看看孩子的脚的。形状相似的话，就能证明那是自己的孩子，这比什么证据都有力。但从未踏足这个社会的婴儿的脚，不都是柔软、可爱的吗？西洋宗教画中，围绕在众神身边的小天使，就长着这样的脚。一旦踩上了这世间的泥沼，踏过了满是岩石、荆棘的荒山，一双脚就会变得像银平那样。

"可如果是幽灵，那孩子应该没有长脚。"银平嘟囔着。他一直以为自己的朋友挺多，可他疑惑的是，有谁见过幽灵是没脚的呢？就拿他自己的脚来说，或许已经不再踩着这世间的土地了。

银平在灯火通明的街道上彷徨，他一只手掌朝上握成一个半圆形，似要接住从天而降的宝玉一般。这世间最美的山不是绿油油的青山，而是被火山岩和火山灰占据而生命凋零的高山，它浸染在朝霞和夕照中，真可谓五彩斑斓，万紫千红，堪比夕阳映照下多变的天色。银平必须背叛那个憧憬着町枝的自己。

"就算老师沦落到了上野的地下通道，我也会去的。"银平想起了久子预言般的爱情誓言，抑或是临别的宣言。银平出现在上野，心想那条地下通道如今不知是什么模样。

这里到底还是凋敝了，或者说是安静下来了。已经习惯长居此处的流浪者，在地下通道的一侧排成一列，或躺或蹲。有人用捡废纸的背篓当作枕头，有的在地上铺一块装木炭的空草袋或席子。那抱着大包袱皮的流浪者，看来算是条件不错，是传统流浪者的形象。来往的行人对他们视若无睹，漠不关心，也没有察觉自己才是被他们检阅的那一方。现在这个点就开始睡觉，真是令人羡慕的早睡。有一对年轻的夫妇，妻子枕在丈夫的膝盖上，丈夫覆在妻子的背上，安静地睡着了。夫妇俩蜷缩成一团的睡姿，即使在夜行的火车上，恐怕也很难模仿得这么像。他们就像一对比翼鸟，把自己的头伸进对方的羽毛下面沉睡着。他们俩也就三十岁上下的样子吧。这里极少见到夫妇搭伴儿的，银平定在原地凝视着他们。

地下通道的空气潮乎乎的，其中还掺杂着烤鸡肉串和关东煮的气味。银平掀开一家食肆的暖帘钻了进去，如同下到了一个水泥洞穴中，灌了自己两三杯烧酒。他在暖帘下面看见了一条花裙摆。暖帘撩开处，站着一个男妓。

二人甫一对视，那男妓便飞过来一个媚眼。银平拔腿就走，并不轻快。

银平偷偷看了眼上面的候车室，这里也充斥着流浪者的气味。站务员在入口处站着。

"请出示您的车票。"一个声音提醒着银平。连进候车室都要求出示车票，真是稀罕。候车室的外墙上，靠着一些流浪汉模样的人，有的茫然地站着，有的蹲在墙边。

银平走出车站，脑中思考着男妓的性别，不觉误入一条里弄，他看见一个穿长筒胶鞋的女人。她上身穿的白衬衫有点儿脏，下身穿一条褪了色的黑长裤，是一副中性打扮。洗得发皱的衬衫下，看不出胸部的丰满。她脸色发黄，皮肤晒得黝黑，也没有化妆。银平转过头去。在擦身而过时，女人就已经刻意靠近他，开始尾随他。有过跟踪女人经验的银平，一碰到这种事，脑后就跟长了眼睛似的。脑后的眼睛虽然锐利，却无法告诉他，那女人究竟是为了什么而跟踪他。

银平第一次跟踪玉木久子，从铁门前逃走，来到附近的闹市时，也被街头的流莺跟踪过，尽管她辩解说自己"也谈不上跟踪"。然而从今天这个女人的穿着打扮来看，她并不是个妓女。那双长筒胶鞋上沾着泥点儿，已经干了，像是几天前就溅上了，却一直没有擦掉。穿旧了的长筒胶鞋也磨得有些发白。明明没有下雨，却穿着长筒胶鞋走在上野一带的女人，究竟是什么来头呢？她是脚残废了，还是脚太丑？穿长裤难道也是因为这个吗？

银平眼前浮现出自己那双丑陋不堪的脚，接着想到女人丑陋的脚正在后面追着自己，他便顿住脚步，打算让那个女人先过去。可是女人也站住了。双方目光相遇，都像是在用眼神询问对方似的。

"您找我有什么事吗？"女人率先发问。

"这话应该我来问你才对吧。不是你跟踪我的吗？"

"是你给我使眼色的呀。"

"是你给我使了眼色。"银平边说边回想刚才与女人擦肩而过时，自己是不是给了她什么暗号。但他确实认为是女人有意跟踪自己的。

"很少有女人会打扮得像你这么特别，我只是稍微看了看。"

"没什么特别的嘛。"

"你是什么人啊，被人家使个眼色就跟过来了吗？"

"因为你是让我在意的人啊。"

"你是什么人？"

"什么也不是。"

"你肯定有什么目的吧？你跟踪我是……"

"我才没有跟踪你，啊，我是想跟来看看的。"

"嗯。"银平再次看了看女人。没有涂口红的嘴唇色泽暗沉，唇间露出镶了金牙的牙齿。不太看得出年龄，估计年近四十了。单眼皮下的目光，像男人一样干涩、锐利，看人时好像在瞄准猎物似的。而且一只眼睛过于细长，皮肤黝黑、僵硬。

银平感觉到某种危险，便说："好了，就到此为止吧。"说着顺势抬起手，轻轻触碰了一下女人的胸部。是个女人，没错。

"你干什么？！"女人抓住了银平的手。她的手掌很柔软，不像是干体力活的。

确认一个人是不是女人，对于银平来说也是第一次。虽然知道她是个女人，但当他通过自己的手去确认她的女性身份时，银平感到了莫名的安心，甚至觉得她可亲。

"好，那我们就去坐坐吧。"银平又说了一遍。

"去哪里？"

"这附近有没有轻松点儿的酒馆呢？"

银平确认过有无可以接待这种装束怪异的女人的酒馆之后，回到了灯火通明的大街上。他走进一家卖关东煮的店铺，那个女人也跟着进来。关东煮锅旁边有一圈围成"コ"字形的座位，也有离得较远的座位。"コ"字形的座位几乎满座，银平便在入口附近坐下来。入口敞着，从暖帘下方甚至可以看见路上行人的胸脯。

"你喝日本酒还是啤酒？"

银平并不想对一个有着男性化骨架的女人做什么。他知道已经没有危险了，而且没有目的也是舒适的状态。日本酒也好，啤酒也好，都随她的便了。

"我喝日本酒。"女人回答。

除了关东煮，这家店里好像还供应一些简单菜肴。菜牌成排地挂在墙上，他把点菜权也交给了女人。从女人厚颜无耻的表现来看，银平怀疑她是为怪里怪气的商家拉客的。如果真是这样，他是能接受的。可是银平并没有说出口。也许女人看出银平有些危险，所以并没有引诱他。也许女人对银平产生了某种亲近感，所以才尾随他而来。总之，女人貌似已经暂时忘记了她最初的目的。

"人生的一天啊，真是奇妙。不知道会发生些什么。就比如，居然跟萍水相逢的你喝到一起了。"

"是啊，是萍水相逢啊。"女人只喝了一杯就来劲儿了。

"今天这一天，跟你一起喝个尽兴就结束了？"

"结束了。"

"今晚就从这里回家吗？"

"回家。家里有个孩子在等我呢。"

"你有孩子啊？"

女人又接连喝了好几杯。银平盯着女人喝酒的样子。

一夜之间，在捕萤大会上见到了那个少女，在土坝上被婴儿的幻影追赶，又跟毫无征兆地遇见的女人一起喝酒，银平对此无论如何都难以置信。而难以置信肯定是因为那女人长得很丑。此刻银平必须相信，在捕萤大会上见到美丽的町枝是似梦非梦，与丑陋女人一起待在廉价酒馆里是现实。但他同时又觉得，自己是为了渴求梦幻的少女，才与这个现实的女人共饮的。这女人越丑越好。这样，町枝的面影似乎也就浮现出来了。

"你为什么要穿长筒胶鞋呢？"

"临出门的时候还以为今天要下雨呢。"女人的回答很明快。银平被一种渴望蛊惑着，他渴望看见她藏在胶鞋里的脚。如果女人的脚很丑陋，那就总算是与银平相匹配的对象了。

女人喝得越多，面目越丑陋。她原本就是大小眼，小的那只此时变得更小了。她用那只小的眼睛给银平送去一个秋波，肩膀摇摇晃晃地斜了过来。银平抓住那只肩膀，她没有避开。银平感觉自己就像抓住了一根嶙峋瘦骨。

"你这么瘦可不行啊。"

"没办法呀，一个女人，还得养活一个孩子。"

据她说，她带着一个孩子在后巷里租了个房子住着。女孩子十三岁，正上初中。她的丈夫死在战场上了。这些话真伪莫辨，但她有孩子好像是真的。

"我送你回家吧。"银平说了好几次，女人点了点头。

"有孩子在,在家里不行。"女人终于严肃地说。

银平原本是和女人并排坐在厨师对面,不知何时,女人已经转向了银平,身体垮塌下来,好像就要依偎在他的身上。看样子大概是要委身于他了。银平心中悲伤,仿佛来到了世界的尽头。其实也不至于如此,也许是当夜遇到了町枝的缘故吧。

女人喝酒的方式也很寒碜,每次点酒,都要看看银平的脸色。

"再喝一瓶吧。"银平最后说。

"喝醉了可走不了路。可以吗?"女人说着把手撑在银平膝盖上,"只能再喝一瓶,请给我倒一杯。"

杯里的酒邋里邋遢地漫出来,洒到桌子上。她晒得黝黑的脸,红黑带紫。

从关东煮店一出来,女人就挽住了银平的手臂。银平抓着女人的手腕。她的皮肤出乎意外地柔滑。路上,他们遇到了一个卖花的姑娘。

"买花吧,我给孩子带回去。"

可是,女人把花束寄放在昏暗街角的一家中国面摊上。

"大叔,拜托了,我马上就来取。"

把花交出去之后,女人愈加醉态毕露。

"我可是有好几年没跟男人过夜了。可是没办法,真是天道好轮回啊。"

"嗯,确实是对上了。没办法啊。"银平勉强附和着,他只是因为带着女人一起走而嫌恶自己。只是有一种诱惑在鼓动着他,他想看看女人长筒胶鞋中的脚究竟是什么样子。但是这个银平似乎也看到

187

了。女人的脚并不像银平的那样像猿猴，但也不好看。褐色的皮肤无疑是粗厚的，一想到和银平两个人伸长了光脚，简直催人欲吐。

　　银平也不知道要去哪里，他听凭女人摆布了好一阵子。他们拐进里弄，来到一家小稻荷社前。旁边就是带情人过夜的廉价旅馆。女人踌躇了一会儿，银平松开了女人缠住自己的那只手臂。女人瘫倒在路旁。

　　"孩子还等着你呢，快回家吧。"银平说着，便离她而去。

　　"浑蛋！浑蛋！"女人大叫着，捡起社前的小石子，不停地砸向银平。其中一颗砸中了他的脚踝。

　　"好痛！"

　　银平一瘸一拐地走着，一股悲伤的情绪涌上心头。他问着自己，在町枝的腰带上挂上萤火虫笼之后，为什么不直接回家呢？他回到自己租住的二楼房间，脱下袜子，发现脚踝有点儿红肿了。

方宓　译